心力

林森散文集

刘林森 著

黄河出版传媒集团
宁夏人民出版社

图书在版编目（CIP）数据

心力：林森散文集 / 刘林森著. -- 银川：宁夏人民出版社，2019.11（2023.8 重印）
　ISBN 978-7-227-07147-1

　Ⅰ.①心… Ⅱ.①刘… Ⅲ.①散文集 – 中国 – 当代 Ⅳ.① I267

中国版本图书馆 CIP 数据核字（2019）第 293108 号

心力：林森散文集　　　　　　　　　　　　　　刘林森　著

责任编辑	周淑芸
责任校对	管世献
封面设计	吴文铭
责任印制	侯　俊

黄河出版传媒集团
宁夏人民出版社　出版发行

出 版 人　薛文斌
地　　址　宁夏银川市北京东路 139 号出版大厦（750001）
网　　址　http://www.yrpubm.com
网上书店　http://www.hh-book.com
电子信箱　nxrmcbs@126.com
邮购电话　0951-5052104　5052106
经　　销　全国新华书店
印刷装订　三河市嵩川印刷有限公司
印刷委托号　（宁）0027071

开本　710 mm×980 mm　　1/16
印张　14.5
字数　180 千字
版次　2019 年 11 月第 1 版
印次　2023 年 8 月第 2 次印刷
书号　ISBN 978-7-227-07147-1
定价　48.00 元

版权所有　侵权必究

题记

心 力

　　用"心力"作题，是颇费心思的。这正像时下孕育生命的新生代父母，用十倍的爱、百倍的情珍视十月怀胎一朝分娩的宝宝一样，无不翻阅辞章，斟字酌韵，将爱与期盼、情与背负尽含其中。我想把对家乡的恋情，用散文的形式呈送给身负众望的年轻一代，并中肯地告诉他们做人做事并最终成人、立事的小道行，即力量来自心志，换言之就是"心志"与"力量"。

　　心志是人生的信念与灯塔——

　　遗传基因决定着人的生理素质，社会禀赋决定着人的生存状况，先天与后天是相互交织的，但成功的秘诀只有一条，就是一定要有刚毅的"心志"。若不然诸葛亮《诫子书》中"才须学也，非学无以广才，非志无以成学"，便是妄语。后天的勤奋、执着、刚毅与坚守都来自埋藏于心底的志向，这种潜在而持久的力量——正像高山以石为脊一样。

　　我以"心力"奉上，企盼故乡的新生代，能启于小道，进而终成大道。

林　森

己亥年夏末

林森印象
——《心力》序——

李天柱

我认识刘林森并认知他的文学素养,是从他给陈峰《逝去的古城硝烟》写的序开始的。当时给我的印象是,这个年轻人,这么有文学才华,而且明事理,有见地,确实是不多见的。后来从《中卫日报》上屡屡看到他的作品,读来怡情、爽口,令人反复咀嚼,回味再三,享受文学之美感。后来竟不自觉地不断寻觅他的足迹,发现他从财政局到教育局,又从旅游局到职业学校,再到政府办、市人大,一路转换升迁,好评不断。原来这是一位政坛新秀,被识者发现,而提携和重用。你看他协助力群市长起草的报告,极少官话、套话,没有人云亦云的随风之作,多是清新隽永、务实克难之谈。最近我又看到他的文集,文章题材广泛,立意贴近生活,他是站在基层大众的立场为老百姓鼓与呼的人,难怪他的作品受到广泛赞许。

林森的中卫教育的"根"与"土",是探寻中卫教育史的系列篇章。他倾心钻研中卫教育,探索中卫教育的历史脉络,深情地褒扬和赞美其间的人与事,这种精神和作为,足以使他扎根于中卫教育这片沃土之中,在若干年后,人们在回顾中卫教育的灿烂星空时,必将发现他的名字。

林森还是一个无私无畏、干一行爱一行的人。在他的行政生涯中，有相当一部分是倾注在旅游事业中的。我看他关于旅游的一些论述、观点，无不充满诗意。无论是沙坡头沙漠旅游的开拓，还是腾格里湖和沙坡头旅游新镇的开发建设，以及寺口子，南、北长滩，他都用大量华丽而美妙的诗文来讴歌和咏唱中卫的这些美景。

正像林森钟情于教育那样，他也钟情于旅游，以致用豪放的文辞来畅叙他的心愿，舒放他的情怀，使人们为之感染，为中卫的旅游胜景所倾倒、所迷恋。

在林森的工作经历中，职业学校校长，无疑是重要而闪光的一页，在回答"职业教育工作者如何度过自己的一生"这一问题时，他说："我们要以永不衰竭的热情和不断迸发的激情，用十二分真诚的教育教学实践，帮助每位学生健康成长。用博爱之行，引领他们穿越技能的璀璨长廊，用才艺之斧，另劈登堂入室之条条坦途。"他用这种精神对待职业教育，也以这种精神对待组织安排的任何工作。

下面，让我们通过他的文章，直扣他的内心世界。

散文《迁坟》，是以群众的心态，响应政府号召，完成家族夙愿，做出的一桩识大体顾大局的事。读了这篇散文，人们便在"明"线中认识了"父亲"这位退职官员，在对待政令时所持的应有态度，以及在家族中所展示的模范行为，足以令人钦敬不已。在"暗"线中，也深切感受到了"市长"工业上山、少占粮田的战略视野和宏阔气度。

散文《哀思》，是写对自己姑妈——一个农村妇女的勤俭、治家、坚忍、仁厚风范的感恩和思念。读来亲情绵绵，感人至深。

他的文集中，有三篇议论文，甚是令人叹服：《小议"龙凤"心态》《浅议"宽容"》和《上善若水》。

在《小议"龙凤"心态》中，作者说：

"期盼后辈超越前人（包括自己），既是人类改造现实世界的需要，也是知识积累的必然，更是父辈爱心的集中体现。这当然是无可指责的，但问题的症结在于，大部分父母操之过急，急于求成，无根据地异想天开，不切实际地拔高培养子女的目标；一些人甚至把子女奉为'小天使'，开小灶，设独屋，限制其活动自由，加重其家庭作业负担，如此则本末倒置，适得其反。"

"今天的父辈们，有时似乎忽略了这样一些客观事实，这就是我们精心呵护的新一代，大多未经历过天灾人祸的锤炼和劳其筋骨苦其心志的磨砺，就连对困难的亲身感受也少之甚少，导致其勤劳和耐力都不如曾经历过苦难的父辈。"

"人类创造了现代文明。作为历史积淀和时代结晶的新一代，不仅要充分理解父辈的苦心，正确对待'龙凤'心态，而且在面对日趋激烈的社会竞争中，一定要增强心理承受力，加强自我约束和自我教育，全面磨砺自己，抵御住各种诱惑，尤其要增加非智力因素，塑造健全的人格，形成健康的心理，锻造健壮的体魄，努力使自己得到全面发展，成为具有时代精神和风貌的新一代。"

作者的这番议论，完全符合教育学和心理学的原理，也符合培养下一代人才的实践观。

在《浅议"宽容"》里，作者说："如果一个人踩烂了紫罗兰，紫罗兰却把香汁留在他的鞋底上，这就是宽容。"但作者紧接着又作出问答："这是宽容吗？这是狭隘的宽容。""在工作和生活中，常常会是这样的现状：批评会让人不舒服，谩骂会让人厌恶，羞辱会让人恼火，威胁会让人愤怒，唯有宽容会让人无法躲避，无法阻挡，无法逆反。"

"哲学地看，宽容是深藏于心底的体谅，宽容是智者的力量，宽容是点亮他人智慧的明灯。"

在《上善若水》中，他说："老子何以将水推崇为上善之物，追根溯源有六个方面，即善借势、会制宜、广包容、能恒忍、甘静寂、利万物。"正因为他对老子的思想和《道德经》理解得如此深透，所以才有了《上善若水》这篇立意深刻的议论文。

认真阅读这部文集，我发现它是一部散文范本，也是一部政论文范本，而且它还是一本诗歌范本。

乙未年冬

李天柱

1931年1月出生，宁夏中卫市沙坡头区镇罗镇李嘴村人。无党派民主人士，北京师范大学化学系毕业，中卫中学原校长。1948年高中毕业，次年3月受聘中卫简师任教，先后在柔远中学、中卫县化肥厂工作，1979年又调回中卫中学任教。1980年任中卫中学副校长，1984年任中卫中学校长，兼任中卫县人大常委会副主任，1993年夏离休。在担任中卫校长期间，他提出了"德育为首、全面发展、多出人才、办出特色"的办学指导思想，制定了"从严从细，求活求新"的校训，实践了"成人—成才—成龙"的育人梯层构想，办学质量大幅提高。1986年被评为中学特级教师，1988年当选第七届全国人大代表，1990年被评为"教育世家"，1991年被评为自治区优秀校长。2005年受聘任宁夏文史馆馆员。2016年1月去世，享年86岁。著作有《教育随笔》《似水流年》《王码打字指南》等。

点亮精神灯塔
——《心力》序二

范学灵

　　林森同志做事讲究圆融，对于往昔的事情总也念兹在兹，早先曾表露结集出书想法并征求意见，甚为欣喜，却未敢正面作答。心想，出版著作，兹事体大，理性为荷。经过几次交谈，同为当下社会"物化"与"文化"不相对称现状而表示深切堪忧，更为古圣先贤把"立德、立功、立言"作为人生价值的完满追求而赞叹，遂提出笔记体散文系非虚构写作，文章承载着行为属性，当遵从"三必须"标准——人生哲理与感悟必须"正知正见"、资治教化与养心必须"契机契理"、社会价值与操守必须"如理如法"。这些词汇本来出自佛陀教义，却得到林森同志的高度赞同。至此，我便对这部大作早日付梓多了几分期许。

　　没承望与本土东园北湖籍刘氏一脉交往竟有几辈人的缘分。侄男刘洋，科班出贵，入仕任事。令尊吉福先生慈端儒雅，享饱学之誉，从政府职能部门局长任上退下来难得赋闲，操觚制宜，奉命撰修出版《中卫县卫生志》。当时，我供职专司《中卫县志》编纂事务，多有互动，感佩有加。结识林森兄台亦近三十个春秋，一则历经多次协同推进文化旅游方面的节事活动、庆典集会和学术交流，思路相通，风格相配，台面相补，果证相悦；一则都有反复涉足文化教育领域的业务执掌、行政管理和本命考量，乡土情结浓厚，相互砥砺前行，志趣和而不同，友谊清纯寡俗。正所谓"出世景仰高僧，娑婆崇尚高士"。一路走来，我把林森视作待人接物处世之楷模，从他无不令人点赞的大器正形、才华睿智、非凡业绩中不断汲取榜样的力量，尤其钦佩他把修身齐家、黾勉为政、道德文章做到如此殊胜境地，愈加为能有这样一位良师益友而欣慰。

作为同乡同道同僚，鉴于文史嗜好，我们都将业余时间之大部用于探求家乡的风物掌故、民俗人文、地情时政，恭慎守望着如同教育泰斗李天柱先生挽联："文涌闾里通古今有华章有桃李有挚友存道心光耀中卫，德泽桑梓育英才鉴日月鉴丹心鉴乾坤凝正气芳流千古"所呈现的韵致和愿景。每每围绕诸如唐代诗人王维的中卫史话、市区文昌阁的恢复重建、沙坡头南岛的开发创意、中卫职业技术学校的主体色调、市委新党校的文化包装、沙坡头旅游新镇的功能配置、黄河宫布展的内涵外延、地方著述文化的发展态势等等，精心探讨，默契应对，达成共识。特别领略了林森为中卫职校、旅游新镇两个标志性工程而动用的全部才智，被他自身文化的厚度与分量、智慧与性情所折服。旅游新镇主体告竣之际，诚邀做实地观摩，脑海里蹦出"不简单"字眼，当即用手机发去"新镇建设您居功至伟，颠覆了愚弟之想象，如此大手笔、大品相、大周章，着实令人刮目，乃卫邑之幸耶！若能固延肇始，矜持不苟，奋力一搏，可造圆满"。这样的思绪也许感染了林森，嗣后便收到"十二分欣慰"回复。诚然，情系故里，勤勉敬业，务公干于卓越，其懿行岂有不昭彰之理？

林森同志近乎平生致力于故乡的教育、财政、旅游、政务等行当，公允已然，洵属可贵。宽阔的工作领域、高远的职守站位、深厚的生活体悟，让他的写作从来不缺素材，不用冥思苦想，不必虚构假设。说古论今,娓娓道来,纤毫毕现;议事书人,栩栩如生,呼之欲出。笔下的人物鲜活灵动,风物美不胜收,政论善巧方便,似是信手拈来,篇篇落笔有神,彰显了充沛的做人底气,也折射出不俗的文学素养。写作题材多为大众所熟悉的人事和物质环境,言情状物有据,慎思明辨有度,常能引发诸多共鸣。其文风平实质朴、清靓稳健,作品读来颇多古意且饶有意趣。他把平常人寻常事当作著述主体,探求生命本真,宣示着平凡之中蕴藏的道统价值。

文学是用来征服时间的,哪怕一道道美妙闪电、一声声悠远惊雷,无不给人以超越自我的力量。多年来,总能隔三岔五地拜读到林森公开发表的美文佳作。其文学创作虽然一直处于不经意状态,大多归于有感而发,却总是驰而不息、直抒胸臆,表达着心底里的追求和缺憾。如果说"心底里的追求"是对生活"我要得到什么"的淋漓倾诉,那么"心底里的缺憾"则是在阅人历事之后"我还缺少什么"的精神自省。这种从"倾诉"到"自省"的角度转换,让他的文章由主观延伸到客观,由我执情感触发转而关注民众的精神世界,跃然纸上的便是面对开放的、改革的、充满生机活力盛世的进取态度,面对地方文化建设的责任意识,面对人民的、历史的、未来的使命担当。

毋庸置疑,林森严格遵循"文学即人学"观念,恪守"文以载道"信念,随缘而不攀缘,尤其值得推崇。作品立足于现实生活,有着随顺自然又不失华彩的语句、娴熟谋篇的章法,大都涵射清淑气象。从文学价值来看,这些作品追求生活化和原生态,创作手法沿袭正统现实主义,没有雕琢之痕和晦涩之语,而讲求形神兼备、通俗明了。林森的语言自成风格,文字功力老到,不做作、不卖弄,活灵活现,妙趣横生,朴实中流露出真切的生活感受和深邃哲理。本书入选篇什,热点的或偏门的、国内的或异域的、现实的或历史的,八面出击;即使表现手法上，也是变化多端——正写或评说、传统或前卫、幽默或诙谐，虽不谙深沉玄妙，却充满真知灼见。这些强悍凌厉、颇具霸气的文字，似雪原鹰击、旷野厉风般肃杀，富有震撼力和美学欣赏价值。同时，还注重文学品质的锻造，凸显了敢于针砭时弊的勇气和胆略。

大道至简，超然有道。释门大德净空法师在经论中，布下"做到说到是圣人，说到做到是贤人，说而不做是骗人"的"道"，令僧众普遍摄受并依教修行。其实，这是援引儒家"知行合一"思想而阐发的一剂开示——道向低处求，乐天而知止。品味林森文著，字里行间充盈着那种潜入文学本质的隽永画面，旨在唤起人们对人间正道的顶礼膜拜和悉心呵护。其作品对生活中蕴藏的美好人性的表达，多是与大地、经略、乡愁相关的事物，呈现出生活的琐屑和庸常、艰辛与困惑，但作者并没有着力去刻画琐屑中的无助与庸常中的颓废、艰辛中的沉重与困惑中的愤懑，而是着眼于发现天地间那些动人情愫，进而转化为精神动力。通篇以从容的张弛、严谨的叙述、鞭辟入里的细节描写，将教育情怀、行政感悟、评文说艺、岁月放歌，以及逸事附录，多视觉、立体化地展示给读者，充分流露出作者对行侠仗义、纯真豁达的渴望和率性而为、恭谦敬畏的推崇。就在丙申大年初一日下午，我等一拨故交的手机上来电显示——"值此岁首纯情时刻，心中充满对亲友的感激。我站在旅游新镇高矗的沙山上，借沙坡头王维的巨笔，蘸上腾格里湖的冰凌，涂上寺口子的丹霞，映着石空灯火和天都山星月，用高庙塑像的神情，比照大麦地岩画的苍劲，绘制了一幅猴年吉祥福寿图，献上赤诚的绵薄的眷念和祝福：愿平和地生活、理性地思量、健康地用度、时尚地安享！"如是，这正可谓林森所秉持的上善若水的生命姿态，让人领略豪迈，且歌且行且悟，怡然自得。

文化的根本价值是点亮精神灯塔，功能在于引领而不是迎合。平心而论，人们通常追逐开卷有益，在乎被道统召唤，而并非被道统绑架。我老是在思忖这样一个问题，即文化既然被喻为精神灯塔，那什么样的人才能把它点亮呢？先后从贤达李天柱的《教育随笔》《似水流年》、柳富的《六十回眸》《六盘情怀》、李献忠的《本色人生》《真话实说》、俞得云的《宣和集》《我的学生时代》、张居正的《居正微言》、张至忠的《风雨沧桑忆我生》、俞学军的《香山情恋》得到心灵慰藉和行持奖掖，并不断校正着敦伦家风、品行操守、价值取向、公仆情怀的时空坐标。现时，又从林森同志身上得以补证，终于找到了一套似乎可以自圆其说的答案：其一，非得拥有丰富的知识不可。我们生存在信息爆炸时代，但信息不等于知识，只有承蒙正见洗礼方能升华为知识。其二，非得厚植高于知识层面的智慧不可。知识不等于智慧，缺失正觉统率的知识难辞苍白。其三，必须仰仗智慧浸润尚可开拓新猷。关键在于，提纯嫁接传统文化的基因，改良耕耘正义生长的土壤，以俟归置守望站位，为时代播撒精气神，为事业构筑功德碑，为社会传递正能量，从而让精神灯塔的光芒照亮人生旅途，种德造福。

戊戌年秋于寓所博石轩

范学灵

　　历任中卫市委党校常务副校长、市行政学院副院长、党支部书记，宁夏作协会员，中卫市作家协会副主席。现任中卫市政协专职常委。编纂出版《中卫县志》《乾隆中卫县志校注》《中卫文库大观》《香山酒文化》《中卫民俗文化经典》《中卫文化纵横》等著作，被授予"全国优秀社会科学普及专家""中卫文化名家"荣誉称号。

目录 contents

题记——心　力 …………………………………… 001
林森印象 ………………………………… 李天柱 001
点亮精神灯塔 …………………………… 范学灵 005

教育情怀

小议"龙凤"心态 ………………………………… 003
中卫教育的"根"与"土"（一）端甫劝学 ………… 006
中卫教育的"根"与"土"（二）建庙立学 ………… 010
中卫教育的"根"与"土"（三）应理书院 ………… 014
中卫教育的"根"与"土"（四）廷章劫难 ………… 017
中卫教育的"根"与"土"（五）泰斗天柱 ………… 020
铭记校训　规划人生 …………………………… 025
人生·尺度·梦想 ………………………………… 028

行政感悟

职教开拓者 ……………………………………… 035
辛勤耕耘　无私奉献 …………………………… 040

答谢辞 ·· 045
上善若水 ······································ 047
共产党员于细微之处见先进 ············· 051
充满激情和跳起来摘桃子 ················ 054
寺口度节话融合 ···························· 056
在大讨论活动中的几点思考 ············· 058
岁月如歌 ······································ 064
明确城市定位 彰显城市特色 ·········· 067
浅谈求真务实 ······························· 071
浅议"宽容" ································· 073

家乡拾忆

哀　思 ··· 079
工业上山的背后 ···························· 082
北湖记事之一——放牲口 ················ 086
北湖记事之二——打　场 ················ 090
北湖记事之三——烧　窑 ················ 093
北湖记事之四——掏　井 ················ 097
北湖记事之五——打判官 ················ 100
北湖记事之六——一碗烩菜 ············· 105
时光飞逝　你我如故 ······················ 109
世外桃源 ······································ 112
游老君台 ······································ 120
小镇的精彩 ··································· 123

评文说艺

《逝去的古城硝烟》序 …………………………… 133
文以载道　歌以咏志 …………………………… 135
《似水流年》序 …………………………………… 137
《沙坡头散文集》序 ……………………………… 142
《香山行吟》序 …………………………………… 145
《大地歌吟》序 …………………………………… 148
《中职艺苑》寄语 ………………………………… 151
《我们的校园》序 ………………………………… 152
《我们的校园》跋 ………………………………… 154
卡博·寄语 ………………………………………… 155
"微论坛"寄语 ……………………………………… 156

岁月放歌

跨越的历程 ……………………………………… 159
沙坡头——心灵的驿站 ………………………… 167
寺口子的呼唤 …………………………………… 169
中卫三字经 ……………………………………… 173

感言与铭文

职校楼体色彩感言 ……………………………… 179
职业教育感言 …………………………………… 180
校长感言 ………………………………………… 181
秘书长感言 ……………………………………… 181

003

做事感言 ……………………………………	182
政务大厅感言 ………………………………	182
通湖酒文化感言 ……………………………	183
政办档案感言 ………………………………	184
职校建校碑记 ………………………………	185
办学理念碑记 ………………………………	186
校训碑记 ……………………………………	187
劝学长廊碑记 ………………………………	188
宁山碑记 ……………………………………	189
揽秀亭 ………………………………………	190
镜湖碑记 ……………………………………	190
慧中亭 ………………………………………	191
丝路驼峰碑记 ………………………………	192
黄河之水碑记 ………………………………	193
长城碑记 ……………………………………	195
丝路景墙碑记 ………………………………	196
工业遗迹碑记 ………………………………	197

林森赠言

我眼中的林森 ………………………	王开选	201
赠林森先生 …………………………	俞学军	205
赠林森——醉此间 …………………	毛志勇	206
赠刘君 ………………………………	张怀玉	207
致林森先生 …………………………	李怀定	208

后 记 ………………………………………	209

教育情怀

小议"龙凤"心态

"龙凤"心态,简言之就是"望子成龙、望女成凤"。世人大多以此激励自我,鞭策教诲后辈奋发进取,其愿望当也无可厚非。但其不知子女也有其难。"龙凤"乃集万物之灵性,聚华夏图腾之崇拜,呈阴阳雌雄之魁首,岂是人人都可实现的?

古人以才德和贤淑作为衡量"龙凤"的尺度。今天,时代虽赋予了它新的内涵,但总体概观,古今同而不悖,无非是从知识、能力和人品三个方面来衡量。不妨让我们面对现实,做些客观的分析探究。

期盼后辈超越前人(包括自己),既是人类改造现实世界的需要,也是知识积累的必然,更是父辈爱心的集中体现,当然是无可指责的。但问题的症结在于,大部分父母操之过急,急于求成,无根据地异想天开,不切实际地拔高培养子女的目标;一些人甚至把子女奉为"小天使",开小灶,设独屋,限制其活动自由,加重其家庭作业负担,如此则本末倒置,适得其反。父母对子女的苦心,不仅要体现在平日的生活上,而且要注意观察其兴趣、爱好,身体力行地陶冶感染。在潜移默化的过程中,始终突出其自主性,教给他们做人的准则,授给他们生存的本领,方能提高素质,最终促其成才。

今天的父辈们,有时似乎忽略了这样一些客观事实,这就是我们精心呵护的新生代,大多未经历过天灾人祸的锤炼和劳其筋骨苦其心志的磨砺，就连对困难的切身感受也少之甚少，导致其勤劳和耐力都不如经历过苦难的父辈。人的成长，经历是非常重要的，这是书本上读不到学不到的知识。父辈也应教会孩子如何阅读社会这本大书，不然，就会出现高学历、低能力的现象。在子女身上，多年的心血将化为泡影。现如今，就一些现象来看，一些子女走向社会后缺乏适应能力，遇到困难无所适从。是生存能力退化了，还是生存条件改善了？大概兼而有之吧！不过，我们仿佛普遍忘记了一个铁的事实，人类已有了非凡的进步，人与自然界的对抗，不仅要靠充沛的体力，重要的是依赖大脑、依靠信息和信息所集中传输来的人类集体智慧。后辈比先辈更聪明、更灵巧，更注意借助科技和信息的力量，我们应当客观地面对已经变化了的时代和后代。

　　人类创造了现代文明。作为历史积淀和时代结晶的新一代，不仅要充分理解父辈的苦心，正确对待"龙凤"心态，而且在面对日趋激烈的社会竞争中，一定要增强心理承受力，加强自我约束和自我教育，全面磨砺自己，抵御住各种诱惑，尤其要增加非智力因素，塑造健全的人格，形成健康的心理，锻造强健的体魄，努力使自己得到全面发展，成为具有时代精神和代表时代风貌的新一代。

　　主动消除"代沟"也是十分重要的。父辈们应和子女尽量增加平等友好相处的时间，在学习与游戏中取长补短，在生产实践中体验艰辛与收获的苦和乐，在日常生活中品味人生的情与趣。父辈与子女必须相互学习、相互理解、相互认同。前辈丰富的生活积累和解决实际问题的能力，会深刻影响和激励下一代刻苦、奋进；毋庸置疑，后辈的热情与活力、现代意识与对新事物的快速反应，又极大地影响着父辈。

　　两代人承前启后，相得益彰，何其好啊！

　　社会中广泛存在的"龙凤"心态，是一种不客观的病态心理，其本质是对未来不切实际的憧憬和虚幻。应当指出，继承前辈，却又要超越前辈；铭记前辈，而又要报答前辈，莫过于脚踏实地地走路，堂堂正正地做人，乃是最好的回报。古语道：恩重如山。父辈对后辈的深重情感和美好嘱托，只有他们自己心里明白，对后辈来讲，父辈的恩泽是难以回报的。

可怜天下父母心！

深切的感叹，后辈的风采，时时冲击着我的心灵，其所谓抛砖引玉，浅而显，故名"小议"。

四世同堂 其乐融融——爱与陪伴是健康成长的土壤

中卫教育的"根"与"土"

（一）端甫劝学

中卫教育源远流长，如果从明正统四年（1439年）"建庙立学"算起，已有570多年的历史了。在漫长、艰难、曲折的发展历程中，中卫教育这棵参天大树历经沧桑。究其"根"，深植于尊师重教的黄河前套沃土。中卫教育的旧学，是民众、堡绅慷慨解囊的产物，而新学则走的是公办、民助的兴衰之路。官真办、民大助，则兴，反之则衰废。在这浸透着耕耘的汗水、润泽着中卫山川的伟大事业中，有许多值得提及的人和事，端甫先生应首列其位。

刘佩黻，字端甫，中卫人，生于1878年，幼时入私塾，天资聪颖，勤学好问，成绩优异。清光绪二十六年（1900年）中庚子恩科举人，榜列第十一名，会试落第，以礼部大挑之名遣发四川为官。辛亥革命后由川回卫，投身家乡的水利、卫生和教育事业，当过宁夏县县长和宁夏参议会议长，特别在劝学方面业绩昭然。

1918年，端甫任中卫应理书院山长、中卫县劝学所长，他多方筹措资金，改造应理书院，废除经学，倡导传播新文化知识。他还引导十八堡士绅，都要在原来创办私塾的基础上着力兴办学堂，要求不信鬼神，不涉足庙宇会事，要顺应历史潮流，用知识改变故里面貌，为中卫各堡培养了一定数量的实用人才。当时应理书院经费短缺，仅以膏伙钱一千二百串生息开支，外加学田、房租等筹措一些支付，基本上属于民办性质。

1922年，端甫破除"重男轻女""女子无才便是德"等世俗观念，联合地方士绅和同仁，在县城文昌宫三代祠内创立了"贞贤女子初小"，后改为"应理女校"（今沙坡头区城区第二小学前身），此为宁夏首所女子学校。

1927年，中卫县天主教堂神父葛天民，向甘肃省政府申请购买县城东街的清代中卫副将署，又名协台衙门（原中卫中学校址），拟建教堂。端甫先生得知后极力反对，联合本地十八堡士绅，书呈县政府，阻止将该地售予外国人兴建教堂。他们所持理由是：本县十八堡小学毕业生日渐增多，上中学深造多去银川、兰州甚至北平。当时中卫交通十分不便，外出求学需长途跋涉，走银川要三天的水路，困难很多。为了兴学育才，方便学生就近入学，1928年5月，经端甫先生及士绅力谏，县长吴福申同意报请甘肃省政府批准，用捐银两千八百两赎回中卫协台衙门公产，筹办中卫初级中学。

1929年，端甫先生邀请全县十八堡知名人士，共商集资筹建中卫初级中学（即中卫中学前身）。经三年兴建，于1932年8月完工。建有大礼堂、教室、仪器实验室、办公室共九处，教职员工宿舍、学生宿舍三十间，伙房等一应俱全。1933年春季开学招生。当时，学校经费由地方热心教育人士捐助，教师由本县籍外出就学深造返回的学子充任，首任校长为莫增隆（宁安堡人），端甫亲临学校义务授课。1934年，宁夏省政府始发经费并委任校长和教师。自此，不仅为中卫地区青年上学创造了有利条件，而且远至青铜峡、同心也有不少学生来此就读，从此中卫成为宁夏唯一创办中学的县。1937年该校改制为"中卫简易师范"，学制四年，为小学教育培养师资，从而使中卫地区教育得到进一步发展，被誉为宁夏首位的"文化县"。

端甫先生在尊师重教上建树不少,口碑甚好。他从小就读于城东北角"准提寺"民办私塾,老师童继美,清末贡元。对先师关怀备至,一年四大节,节节有礼且丰厚,直到老师逝世后,他和几位同学为老师主丧,规格较高。出殡时,他和学友在棺前扯纤,身体力行,再现了"一日为师,终身为父"的学子典范,此孝行当时被中卫城区群众广为传颂。

1929年宁夏省成立,省主席马鸿宾于1930年委任刘端甫为宁夏县县长。1933年马鸿逵接任主席,马鸿宾离职任陆军八十一军军长,端甫任该军军医处长,从事医疗工作,不久卸任回乡,所以中卫人习惯性地叫他刘县长。1940年,宁夏成立临时参议会,他被遴选为参议员,并被公推为议长。当时马鸿逵在宁夏增加田赋,大量征兵,搜刮民财,弄得民穷财尽,十室九空。端甫先生以议长身份在参议会提出异议,博得多数议员和民众的赞扬。

1944年农历正月十七日,端甫先生因病逝世,享年六十七岁。哀葬前,中卫师范、小学的全体师生参加追悼会,共唱挽歌,肃立默哀。出殡之日,众多群众在寒风凛冽的早晨,从城东门到西门,沿街目送灵柩,以寄托哀思。

端甫谢世后,地方士绅念其是一位有远见卓识的乡贤,感念其煞费苦心、殚精竭虑为地方潜心劝学,兴建学校、培育人才和劝学、兴学、育才之德,于1944年春,东西奔走,多方劝募,树贤助学,选址山陕会馆,创办私立小学一所,以"端甫"命名,以资长远纪念,即今中卫市区第三小学。

纵观端甫先生毕生事迹,协办水利、改造黄河南北灌溉水系,发展农业,提高人民生活水平;利用国语和医学功底,开办教育和医疗来开发民智民力，意义深远；特别是劝学兴教，改造私塾，男女儿童平等入学，提高教育品级至中学师范，更是功德无量。

"教育兴、国家兴"如今已是深入人心的真理，人人都知道教育的重要。但在教育文化发展的历史进程中，我们的先辈处在那样艰难的时代，那样艰苦的条件，仍以忧国之心兴学助教，其精神实在令人敬佩。端甫先生处于旧社会、旧时代，尚有清醒目光、远大抱负，今天的我们处于一个物质文明较为发达的时代，更应以万众一心的精神兴办教育。

在"两基"迎"国检"的严峻时刻，抚今追昔，在彰显端甫先生功德的同时，深感兴办教育，只有广开汇泽之源，大兴"培土"之势，才能"众人拾柴火焰高"，真正迎来"政府大办教育、民众真助教育"的教育春天，使荫及子孙的大事常兴不衰！

中卫教育的"根"与"土"

（二）建庙立学

"建庙立学"包含着中卫县城新建文庙设立的儒学，即官办县学和各堡就庙创办的义学、社学和塾学。

据《中卫县志》和《中卫教育志》记载，明正统四年（1439年）在县城东北隅建文庙设堂立学。明正统八年（1443年），卫镇抚陈瑀奏设文庙儒学，这是宁夏最早创立的儒学之一。明成化十一年（1475年），巡抚都御史徐廷璋，感慨其偏僻简陋，令参将张翊于"街衢适中"，改址重建（今红太阳广场）。新文庙和学署，按"左庙右学"之格局摆布，庙学合一，统称"学宫"。学宫设有学官，明代称教授和训导，清代称教授教谕和训导。弘治十二年（1499年），学署训导李春、贾茂章撤保安寺，扩大学宫规模。弘治十三年（1500年），都御史王询、按察佥事李端澄，授权中卫指挥冯泰再次扩建学宫，使其初具规模。

明正德元年（1506年）至嘉靖三年（1524年），参将冯祯、周尚文，千户曹纪，在原基础上陆续扩建，修拓一新。竣工后，由九十三岁高龄之太子太保、吏部尚书王恕撰写《中卫儒学记》，此属中卫儒学最早的文字记载。明万历三十五年（1607年），西路同知钱通，倡导捐资，再修文庙，竣工后由周于人撰《重修中卫学碑记》。

延至清代，学宫屡建屡修，始终未断。乾隆二十二年（1757年）署宰黄恩锡，补修文庙儒学。据《中卫县志》载：学宫内置学署，学署有堂室二十七间，分为教谕署与训导署。明伦在学署前，院有正堂五楹，东西斋房六楹，大门、仪门各四楹。作为招纳生员、习道熟经之学宫，藏书甚富，多为儒家经书、历史典籍。

至光绪三十一年（1905年），全国废除科举，试办新学，中卫儒学渐衰。延至清光绪三十三年（1907年），中卫知县蒋康沿用寺庙公产，在各堡兴建国民学堂三十一处。

早在中卫儒学之前，各地已相继设立过社学，并就庙办"义学"和"塾学"。清代重视"八股取士"，乡间孩童考县学不易，故多受教于社学。据《朔方道志》载，中卫当时有社学四处，除县城应理书院外，尚在宣和堡、镇罗堡、永康堡各设一所。

宣和堡社学位于本堡东，元帝庙右侧，建学舍九间，有学田一方。学田年纳租银四两，是为经费来源。乾隆四十八年（1783年），学舍倾颓，学田被冲毁，遂将木料移至堡内奎星阁下，重修房屋八间。至嘉庆十九年（1814年），复在堡北增垦滩地一块作为学田，岁纳以维持之。

镇罗堡社学在堡内奎星阁下，建有学舍七间，后重建时拓展为十五间。乾隆二十四年（1759年），置学田七十五亩，后复增两亩，岁纳田租十一点二五斗，所出分三项：三十亩作为社学延师费用，三十一亩作为生源乡试费用，其余十四亩作为文昌宫祭田。

永康堡社学设于堡东关帝庙，有学舍十间。乾隆二十四年（1759年），置学田一方，坐落于燕子滩，岁纳租银八两，市铺租银五两五钱。后因故将原有学田所出划归银川书院，经费由此中断。本堡百姓实不忍其废弛，众呈请县令文楠立案，岁拨学银六两，作为延师之资，使其得以继办。

义学是中卫私学的另一种办学形式，多由社会各界好义之士，利用祠堂、庙宇独建或合建，为区域贫寒子弟设立读书场所。

此类学校多在农村，由殷实人家牵头捐献，设备简易，就读方便，学费由众人分担。如《中卫县志》所述："置椽舍以为肄业之所，捐地以作延师之费"，无须官府资助。至清代，镇罗堡之龙王庙、观音寺、李嘴庙、九塘庙以及中宁余丁的九间无梁寺，中卫常乐、永康、宣和各堡，先后均设过义学。

义学始终处于自生自灭、时兴时废之状态，发展不平衡，亦不稳定。

塾学即私塾。在明清两代，是中卫地方上最常见、最普遍、最简易的办学形式。主要有三种形式：一是官绅人家聘塾师至家，教其子弟读书；二是利用宗祠设宫，专收本姓子弟就读；三是塾师本人在家设宫，招收附近子弟教授。上述三种情况多以后两种为主，延至清末民国初渐衰落。

中卫高庙

儿童入塾先识字，日教十个左右，反复温习，周而复始。识至千字时，始读《三字经》《百家姓》《千字文》等启蒙书，而后授四书五经，亦习字、对对、作时文，以应科举之试。私塾如此，义学、社学也大同小异。但多数学生，只求得识字会念时便辍学而止。光绪年间的秀才魏兴堂、民国初期的穷儒俞登科，即是当时典型的两个塾师。魏兴堂原籍甘肃古浪，曾于镇罗堡执教多年，方圆百里皆知；俞登科于黑马闸庙设塾，一生清贫，默默无闻，死后由其门生汪德茂以柏木棺材厚葬之。

建（就）庙立学是中卫旧时官府与民间自觉和自发的主要办学形式，是中卫人自强不息的缩影。它的创设不仅促使中卫迅速开化，民风淳朴，人杰地灵，也使许多地方贤才通过科举走上了仕途，进而引领中卫融入中州政治、经济、文化体系。据《中卫县教育志》记载：中卫明代考取进士四人，举人八人，贡生九十九人；清代考取进士二十人，举人一百七十五人，贡生一百三十七人。这些令朔方称道、令河西瞩目的昭著业绩，都是建庙立学之功。

中卫教育的"根"与"土"

（三）应理书院

  中卫乃"文昌"之地，自古兴学重教，素有"文化县"之美誉，这与应理书院在文化教育上的长期涵养关系密切。如果说"建庙立学"以及中卫民间广泛设立的义学、社学和塾学是旧学的基础，那么应理书院就是旧学的高层次求学场所，也是中卫公办民助、兴办教育的集大成者。

  据《中卫县志》记载："应理书院，旧在南门，有学舍七间，属私人讲学，带有义学性质。起于司马士铎高公。"据考证，康熙四十八年（1709年），西路同知高士铎来卫接任，学舍扩为十一间，将义学改为书院。

  清嘉庆二十年（1815年），热心地方教育的前署宰周又溪出面，"买吴氏旧宅，设内院一，讲堂一，外院一，内外房舍二十六间"，竣工后书院迁到新址（今红太阳广场）。至此，书院初具规模。

  清道光二十年（1840年），应理书院日渐倾塌，新任知县郑元吉主持，举人盖奇文、廪生吕开阳、监生张玉玑倡导筹划，各界人士捐款捐物，重新翻建扩建书院房舍，历时四五个月，至次年春方才竣工。

  道光二十一年（1841年），应理书院，"生童膏伙，俱有县署管理，如公项不敷亦由县捐廉添补"，并有士绅"捐学田以作延师之费"，使应理书院成为宁夏创建最早、规模最大、办得最具特色的书院之一。

书院由山长掌管，山长下设斋长（负责经费等）、门斗（专司门卫传达）。山长主持讲学，每月两次课试，固定于初二与十六，或初五与二十五两天举行。一次为官课，由县署官员轮流出题阅卷，优者授奖；一次为师课，由掌教出题阅卷，亦选优者授奖。凡入院学童，须经甄录考试，成绩前列者为正课生，逾额者为附课生，限额仅二三十人之多，录取后按月发给膏伙费。至光绪年间，授课渐废，在编士子只是按月作时文应试，领取廪米维持。书院设有讲会制度，大家会集一堂，共同讲辩，互相答难，交流心得，也允许不同学派、不同观点争鸣、辩论，学术风气较浓。这是应理书院与中卫儒学的不同之处。

咸丰二年（1852年），应理书院毁于地震，学舍坍塌倾圮，生员无法就读。咸丰四年（1854年），知县封景岷再次筹款，重修应理书院。

光绪二十七年（1901年）八月，清政府下《兴学诏》，通令"州县均改设小学堂"。中卫因经费难于落实，学堂迟而未设。光绪三十一年（1905年），全国废止科举，实行新学，但应理书院仍沿袭旧制，讲授四书五经。延至1906年，宁夏知府赵维熙遵诏下令敦促，应理书院仍因经费无着，旋即停办。

至此，应理书院从清康熙四十八年（1709年）至光绪三十二年（1906年）在中卫官吏、士绅和民力的共同资助下，风雨坎坷，历经一百九十七年。

据道光本《中卫县志》记载："中卫邑去京师万里，风气视中土为迟"，山水甲雍州。"然其俗不偷，无奢靡、无浮夸、无僧道煽诱之习"，"且民以耕读为本"，"士皆能好学深思，力行待取，敦于孝弟忠信，礼义廉耻，以为齐民之法，蔚然不让中州"。这一传统，像一束不灭的火炬，代代相传，人才辈出，绵延不绝。这就是中卫传统的人文精神，与我们现时提出的"开拓进取、敢为人先"，"三苦精神、两情作风"是一脉相承的。

光绪三十三年（1907年），知县蒋康从枸杞税中提款五百余串添补，在书院旧址上草创"应理高等小学堂"。然官宦、士绅、殷富子弟就读者居多，农家子弟寥寥无几。

在其后的一百零二年中，历经演革，应理高等小学堂于1912年更名为"中卫县立第一区高等小学堂"，于1918年增设"中卫县模范初级小学校"，于1922年合并为"中卫县高级小学校"，1948年更名为"中卫县第一镇中心国民学校"，1953年学校再次更名为"中卫县第一中心小学"，1957年秋校址南迁至今二中位址，"文化大革命"期间又更名为"东方红小学"，1975年增设初中班，直到1979年中、小学分设，中学命名为"城郊中学"，小学生转入"向京小学"（今中卫市第一小学）就近上学。1984年，中卫县在关桥小学校址上创设第三中学，即城郊中学，原城郊中学更名为中卫县第二中学。

振兴教育，重塑应理，既不能割断历史，更不能"史随时逝"。由私塾而社学，由义学而书院，由书院而小学、中学，无不体现了"文化县"渐进的脉络，这正是中卫人自强不息的缩影。它的创设不仅使中卫迅速开化，民风淳朴，人杰地灵，也使许多地方贤才走上了高层次求学和仕途，进而引领中卫融入中州政治、经济、文化体系。

在追寻中卫教育发展的根脉时，我们由衷地怅叹中卫人重教兴学的传统民风，更感慨市委、政府兴建中卫一中、中卫中学、中卫职业技术学校的大跨越之功，在彰显应理书院根基之功德的同时，也更加感慨普及高中的历史性跨越。这是发展的积累，也是时代的飞跃，只有大兴"培土"之势，不断蓄积力量才能众人拾柴火焰高，真正迎来教育的春天！

中卫教育的"根"与"土"

（四）廷章劫难

我与折老相识于 1984 年秋，当时我是原中卫县城郊中学教务处副主任，折老为中山学校（县政协主导，民主党派借用郊中校舍临时创办）教务长，他常神情严肃，不苟言笑，虽年近古稀，但依然腰杆笔挺。他做事的格调和分寸，常令人油然起敬。相处两年多，大树下的阴凉感与房檐下的压抑感，使我们虽相差四十岁，但却无话不谈，可谓忘年交。

廷章先生于 1918 年出生在中卫镇罗镇较为殷实的家庭。十一岁时，父亲病逝，因其自幼聪明好学，两年里曾跳升三级，小学毕业考取了第一名。初中时家里本来打算送他到兰州上学，但军阀混战，只得到中卫中学旁听，初中毕业时到银川参加会考及面试，在银川上了高中。

1938 年秋，宁夏马鸿逵部队到学校征兵，关闭全省中学，上了两年高中的折廷章中断学业，被整编到教导团集训。此后在国民党军队中任文官。在无大作为的文官职任上，他提出"让士兵学习文化"的新思想，对壮丁进行扫盲教育，提高军队战斗力，并自编教材在各部队推广实施，成效甚大。

1947 年，折廷章任国民党军队骑兵第十师政治部主任，军衔上校，经常回家探视，骑高头大马，带侍卫随从，英武洒脱。他虽为国民党军官，但总在找机会了解新思想，和好友暗中阅读进步书籍，曾在杨和堡冒着杀头的危险，毅然偷偷放走地下共产党员白瑞章。

1949年秋，宁夏解放时，廷章先生与朱齐贤、牛得玉组成"军人和平小组"到任存渡口迎接解放军；同年9月，经共产党员白瑞章介绍，到宁夏省干校学习，任学生会副主席。

1949年12月干校毕业，他被省教育厅以"中卫县教育科长职务"派到原中卫县工作。据《中卫教育志》记载，1949年12月，折廷章任中卫教育科科长。在担任教育科长的三年八个月时间里，深入乡校，了解情况，当时农村教师极缺，他想办法利用寒暑假共办六期培训班，补充教师百余名，同时在全县开展大规模的扫盲工作，各乡镇都办起了农民夜校，因扫盲工作成绩显著，得到省教育厅嘉奖，并在全省推广中卫扫盲工作经验。1950年3月，他被推选为教育界代表出席银川社会各界人士第二次代表大会。

据《中卫县志》载：中卫县于1951年恢复民国三十七年（1948年）停办的13所国民学校，并新设初小6所。截至1952年底，全县共有小学71所，在校生达8415人，教职员212人，除正规学校外，另办民校77处，学员4872人，教员94名。

1952—1978年，政治运动不断，廷章先生被开除公职回老家镇罗公社镇北村劳动改造。不惑之年的廷章先生，下放本村参加生产队劳动，这对自小未从事过体力劳动的他来讲是极大的人生考验，孱弱的身躯承载着超负荷的劳动，宁可累死牛也不翻了车的要强性格使他每日拖着疲惫的身体默然回家，他经受着五六十年代极度匮乏的物质生活，虽然身心憔悴，但刚毅的性格并没被艰难的生活条件所扭曲。

坚定刚毅的廷章先生闲暇时也不让自己歇息，雨天不出工便用糜子秆扎笤帚，或到沟渠边割柳编筐；晚上在昏暗的油灯下读书看报，碰到什么书读什么书，包括学生的课本，甚至捡起生产队队长随手丢弃的报纸品读，尤其关注内外时政。

据《中卫县志》记载：1978年11月，中卫县为被错划成"右派"的23名教职工纠正冤、假、错案。花甲之年的廷章先生终于开始了人生的第二个春天，他被安排到镇罗中学教高中历史。当时历史课没有教材，学生没有课本，他一面找材料编写课本，一面刻印讲义，辅导高考学生，教学任务十分繁重，许多难题都被他攻克了。据李天柱校长《回忆乡贤折廷章》一文中记述，在镇罗中学工作期间，忽然要调整工资，本来按学历、年资，这次增加工资非折老莫属，但他却认为，组织上为自己平反昭雪，重新获得了工作的机会，已经是很大的福气了，不要为一级工资再互相争斗，弄得大家不和，于是主动让给了别人。

1983年，折老被选为中卫县第十届人民代表大会代表，第五届、第六届政协委员。1983年退休（1993年改为离休）。1984年秋，参加中卫县地名志编写工作，同年受县政协委托，创办了中山中学，十年间有三百多名学子通过复读补习圆了大学梦。

廷章先生于2010年6月17日与世长辞，享年九十二岁。纵观折老一生，求学向上、奋发进取，先从戎至中校，后执掌政事，可谓年轻有为；中年之后遭逢运动，英才无为，实属无奈；晚年虽然仍有建树，但那只不过是意志和品质造就而已。不管从哪个角度审视，这位与教育结下了深厚情缘并作出突出贡献的先贤，其一生是无愧的，若不是残酷的政治运动，他是一定会大有作为的。

在举国上下从战略高度重视教育事业，把着力发展职业教育作为执政能力建设，分批次落实教师绩效工资的今天，在追忆廷章先生蒙难的痛心历史的时候，深感盛世重教的重要。作为教育工作者，应深感幸运，倍加珍惜三尺讲台，与时代共鸣同振，共同迎来教育的春天和知识分子永远的晴天！

中卫教育的"根"与"土"

（五）泰斗天柱

多事纷乱的砥砺积淀

李天柱，1931年1月出生于中卫县镇罗李嘴村，无党派民主人士。1949年3月从事教育工作至1993年校长离任，曾担任中卫简易师范副教导主任和中卫中学教导主任、副校长、校长等职。

20世纪50年代初，李天柱先后在中卫简师和中卫中学任教。其间，由宁夏教育厅选送北京师范大学学习化学，取得大专学历。他当时是中卫中学的教学中坚，在教学上是个"全武行"。关于这一点，家父回忆：李天柱当时很年轻，身材高大威武，学贯中西，文理皆通，既能教数理化，又能教文史地，是个不可多得的人才。同时，他又擅长篮球、排球、乒乓球等多项体育项目。

20世纪50年代中后期，在政治运动中，天柱校长每次都"在劫难逃"。在那段岁月里，他有过迷惘，有过徘徊。1958年，李天柱被安排到县联社（县政府）工交部化验室做了一名化验员。三年后，调回中卫中学任教。"文化大革命"后期，李天柱又被调到柔远中学任教，1976年，他又被"安排"在中卫化肥厂工作，1979年，李天柱才被调回中卫中学任教。

1980年秋，李天柱出任中卫中学副校长，1984年，担任中卫中学校长，直到1993年离任。李天柱担任校长期间，为中卫培养了大批俊杰英才。数年间考入清华、北大、复旦等亚洲名校的学生近四十名，先后成就博士学位者四十余名，这其中凝聚了天柱校长巨大心血，堪称桃李满天下。

值得一提的是，20世纪80年代，时任全国人大代表的李天柱校长在北京出席中央"两会"期间，还请著名科学家钱伟长及国家领导人彭珮云、雷洁琼等为中卫中学题写了校名，一时成为宁夏教育界津津乐道的话题。

寓教于乐的教育思想

担任中卫中学校长期间，天柱校长大力倡导自由开放校风，大刀阔斧改革中等教育，领全区风气之先。培养什么样的人，怎么培养人，这是天柱校长当时思索最多的问题。

天柱校长的办学指导思想是"德育为首、全面发展、多出人才、办出特色"；校训是"从严从细，求活求新"；办学理念的核心是"成才教育和兴趣教学"。提出了"培养兴趣、发展爱好、因人施教、鼓励成才"的主张，实践"成人—成才—成龙"的育人梯次构想，使学校呈现出生动局面，办学质量大幅提高。

所谓"成才教育"，即"立足于成人，致力于成才，着眼于成龙"。他认为初中、高中阶段的任务都是打好基础，高中毕业生如果升学，应能适应接受高等教育的学习任务而不感到困难；如果不能升学，无论参加何种生产劳动，都能把所学知识作为提高劳动效率的基本素质；普通中学应以学生成才为目的，而作为重点中学，理应尽量扩大成才面，促使一部分人出类拔萃，并最终成为专家、学者等，这可以算作是"成龙"；也有一小部分学生连成才也达不到，学校就应当协助家长，完成其抚养孩子成人的基本愿望，培养其成为遵纪守法、自食其力的社会公民。天柱校长管理中卫中学，就是按照这个思路实施的，最高愿望是"成龙"，最低要求是成人，基本任务则是成才。这个构想，与当今倡导的"变升学教育为素质教育"的理念是一致的。

所谓"兴趣教学"，就是鼓励学生"玩着学"。这是天柱校长教育思想的核心。对于"兴趣"和"玩"，他认为：一个高明的教师，应能使学生在兴趣的海洋里徜徉，以获得知识为满足，在学习上投入了极大的精力而不知疲倦，使学生在学习上入迷。即玩为起点，学为终端，学中玩，玩中学。他常给教师和家长们说，不要把学生管死，要鼓励并指导他们去玩。通过玩，把德育、智育、体育和美育乃至劳动技术教育融为一体，使五育互相渗透、互为补充。

他认为"玩着学"可以充分调动学生的学习主动性，而培养兴趣则是一种催化剂。在这方面他有许多精辟论断，如"课题必须能吸引学生的注意力""课堂是严肃的，但必须也是活泼的"。他还指出，"只有严肃庄重与活泼有趣相结合，课堂才是有生命力的""讲经布道课与邀宠杂耍课都是不可取的"。人们常说，现在的学生学习负担过重，太苦了。天柱校长认为，我们为什么不能使他们变苦为乐呢？当学生对学习产生浓厚兴趣的时候，读教材就像看小说，搞科学实验就像玩电子游戏那样，全神贯注，兴趣盎然，岂不事半功倍！所以他大力组织各类课外活动，做到内容丰富、活动经常，既促进了学习，又培养兴趣与爱好。如学校的文学小组和器乐小组这两大特色，至今已换了数任校长，这两项优势中卫中学始终保持着，似乎成了传统优势。他所主张的"玩着学"，就是既能减轻学生课业负担，又能提高教育质量的好办法。

天柱校长是中卫知行合一的大德之人。常言道："一行抵万善"。

天柱校长将"文化大革命"后期衰败的中卫中学引向辉煌,圆了多少父老乡亲"望子成龙、盼女成凤"之梦,仅此一项光前裕后,令世人钦佩。

勤奋有为的杖朝岁月

天柱校长一生中除了许多宝贵的治学管理经验外,也酷爱文学、体育和绘画,其随笔和文学创作功底深厚。他的《似水流年》中,文学随笔十二篇,可以说是匠心独运,篇篇精致。

一是题材广泛。从谈教学实践的《闲话课堂教学》到钻研新课题的《我与电脑》,从人评书评的喜读《沙坡头咏怀》《我看海原文学》《三位文学人物》,到写已故夫人及老友的《我家的圣母玛丽亚》和《回忆乡贤折廷章》。

二是人格顽强。无论是身处动乱的两次人生劫难,还是病魔缠身的多次生命险关,他都逢凶化吉。他常常在无为中有为,如创新教具、改造粉笔,专攻化学却兼带数学、体育和美术,可谓跨学科触类旁通。特别是古稀之后屡有作品发表,这些无一不是他顽强人格的验证。

三是语言凝练。如《我读〈本色人生〉》中:"我也同意张贤亮的观点,把坏人比作畜类,其实是对畜类的不公。因为那些畜类,它们绝不会想到坏人竟有那些丑恶的伎俩而使它们自叹弗如的。"语言凝练且富有哲理。他精通音韵,遣词造句的语言能力极强。如他为范学灵《中卫文化纵横》所作的序《新时代的正气歌》中:"乍一看,好家伙,洋洋洒洒,数十万言,近500页"。最为突出的是叙事与描写,朴实而精准。

四是思想博大。如他的《奇石·奇书·奇人》篇中:我们尽可以设想"在一片只有黄河涛声与落日余晖相伴的地方,一个寻石探宝者,像佛家禅定似的，与石头为伍，像道家'人法地，地法天，天法道，道法自然'那样与石头对话"。又如《我读〈本色人生〉》中，他写道："献忠引用鲁迅的名言：捣鬼有术也有效，然而有限，以此成大事者古来无有。"

步入耄耋之年的天柱校长，通过两个多月计算机培训和大量实践，不但自己学会了五笔输入法，而且还为中小学生和中老年知识分子出版了一本"无师自通"的五笔打字速成教材《王码打字指南》。

中卫人中行胜于言者少，尤其是"杖朝"之年有大作为者更少。天柱校长的《似水流年》《教育随笔》等书中的文章，心系桑梓，凝重深邃，想必是他厚积薄发、功到自成的物质外壳，也是他才华与积淀、善行与大爱、乡情与壮志的着意镌刻。他对中卫人与事的真知灼见，热情有加的赞赏与褒奖，激情而不失客观的深刻评判，都历历流露抑或难以掩饰他对中卫这片故土的深情挚爱。

2016年1月11日午时，令中卫人敬仰和爱戴的教育界泰斗——李天柱，在前套大雪飘舞中撒手人寰。噩耗传来，如晴天霹雳，扼腕悲痛！

司马迁在《孔子世家》中赞道："高山仰止，景行行止。虽不能至，然心向往之。"在他离开我们的瞬间，这种神圣的崇敬之情得以升华……在追寻中卫教育发展的根脉时，我们真切地感到中卫教育泰斗李天柱，不仅以其教育家的风范令学子们爱戴，也以其学者的严谨令同行们肃然起敬，更以其崇高的人格、干练的作风、仁厚的品行和勤奋的精神，令中卫人仰目以视。在已知天年的日子里，他依然笔耕不辍、思想练达、胸怀宏阔，真诚地以其言与行，阐释着有限生命历程的真正价值——人是可以这样活的！

铭记校训　规划人生

职业教育处在培养人的入口，是实现教育的根本目的，即培养有用公民之最重要的环节。"国家经济发展、社会和谐安宁和个体自身幸福都依赖于职业教育。因此必须努力把学校打造成使学生身心都得到全面发展，具有职业能力、职业道德和社会公德的高质量生产力的场所。"基于办学理念，中卫职业技术学校的校训是：明德、精艺、砺志、笃学。

明德："明"就是清楚、明白、知道。为什么要把"明德"放在校训的首位呢？因为德乃做人之本。教师的基本职责是"传道、授业、解惑"。传道是其最首要的职业责任。"明德"就是要求教师要有良好的品德，和无私奉献的人格魅力；要有身正为范的职业道德，训导学生为人处世的基本道德规范和职业道德要求；学生要明白自己应遵守的做人处世的基本准则和从事技能行业工作的道德要求。

精艺：对教师而言就是要自身强，对专业要精心研究，对教学艺术、实训技术要不懈地探索。对学生而言，就是刻苦学习，掌握技术技能，做一技或多技在身的应用型人才。

砺志：对教师来讲，就是要树立终生从事职业教育的思想，把培养大批技能型人才作为自己的理想和追求，把职业技术学校作为实现人生价值的重要平台；学生应追求成才，志向比学识技能重要。

笃学：就是几十年如一日，坚持学习不停步。对老师讲，要不断增加知识和技能修养，学高为师，不断攀登新的知识高峰。对学生来讲，就是要持之以恒求新知，潜心学习技能，永不间断地苦学、苦练来确保人生志向的最终实现。

办好一所学校，让每一个学生成才，不仅要用校训教育和激励师生，还要创设一套完整的教学和管理体系，创立有效的考检制度。只有这样，才能在"相互激励、和谐共进"的文化理念下，协奏出无愧于时代的交响乐。办好职业教育，规划好职业生涯，这是摆在师生面前共同的课题，需要不断探索。如何努力践行，提出五个方面的理念共勉：

一是方向比努力更重要。成功在哪里？通往成功的路如何走？需要每一个人进行抉择。常言道："跛足而不迷途，能胜过虽健步如飞但误入歧途的人。"选择的关键是方向，我们不能再走追求大学问、高学历的路子。我们必须有勇气结合自身志趣与身心条件，勇敢地走技能型人生之路。

二是技能比知识更重要。获取更多的知识，是我们追求的目标。在

中卫市职业技术学校——自强碑石

我们所处的时代，科技发展日新月异，专业化分工越来越细，经济发展越来越需要更多有技能的专门人才。因此，不同专业方向的人，对知识和能力应各有侧重，对我们而言，技能比知识更重要。

三是生活比文凭更重要。生存才能生活。在现代社会，只有专业技能高，才能有更大的生存空间，才能保证有更好的生活。文凭是一个人学习成果的体现，可文凭不是生活的全部。我们提倡充分挖掘自身潜能，追求更高的文凭，但是反对超过自身的能力，盲目追求文凭。盲目追求文凭，必然导致自己永远生活在失败的阴影中，失去生活的乐趣。选择职业教育，虽然不能给你显赫的文凭，但会使你在自信与成功中赢得美好的人生。

四是就业比面子更重要。"毕业就等于失业"，这种情形现在很多。许多人拥有令人羡慕的教育背景，却因为缺乏技能而找不到工作。相当一部分人，好高骛远，眼高手低，不能正确地认识自己，对社会发展的趋势不了解，他们以上普高为荣，认为在职业学校学习丢面子，但他不知为了一时的面子，却丢掉了支撑一世的技能，白白葬送了自己的美好前途。

五是前途比玩乐更重要。少壮不努力，老大徒伤悲。如今我们生活在父母的庇护下，衣食无忧。但是玩乐的美好时光，洒脱的轻松自在不会长时间依恋在我们身上。因此不可将美好的青春，白白浪费在毫无意义的玩乐上。必须深思：立足社会靠什么技能，生存立业凭什么专长。

岁月如歌，汗水谱著。人生如诗，智慧凝句。自然界的收获是有季节的，人生的春华秋实也是有定数的，她孕育在"明德、精艺、砺志、笃学"的勤奋执着和永不懈怠的追求中。

人生·尺度·梦想

—— 2010年秋季开学典礼上的训导词

沐浴凉爽的秋风，迎着初升的朝阳，我们相聚在中卫职业技术学校这块孕育希望、成就人生梦想的土地上。漫步湖光山色、疏林碧草、微地红楼、廊桥交错的美丽校园，感受"尚贤崇德、相互激励、和谐共进"的职校精神，我们心中激情澎湃。

今天，我们又迎来了一千五百多名新同学，我们又共同把自己人生的梦想种植在这所美丽的校园里。在此，我代表学校党、政、工、团，向一年来付出辛勤劳动的全体教职员工们表示最诚挚的感谢！向新老同学们表示热烈而真诚的欢迎！

老师们、同学们，我今天训导讲话的主题是：人生、尺度与梦想！

人生的道路并不是一帆风顺的，每个人都会面对各种困难与挫折。有的人在挫折中奋起，有的人在挫折中消沉。历史上有多少仁人志士，就是在挫折中创造了辉煌与不朽。周文王被拘禁，推演了《周易》，孔子在极为贫困的境遇中，编写了《春秋》，屈原被流放，创作了《离骚》，孙膑被砍去了膝盖骨，编著了《兵法》，司马迁受宫刑而发愤编著了《史记》。他们以执着的追求、坚韧的毅力、高尚的情操，使自己有限的人生光照千秋。

同学们，中考落榜对你们来说是人生道路上的一次挫折，但并不意味着人生的失败，这只是对你们心志的一次考验和对你们毅力的一次磨炼。当你们勇敢面对挫折，与学问之路告别，走向技能之道路与目标时，意味着与过去阶段性目标的分道扬镳……

常言道：榜上无名，脚下有路。中卫职业技术学校这块充满希望的土地，是你们人生崭新的起点。你们要更加清醒地认识到，你们的人生梦想不在深奥的学术研究中，不在高学历、大文凭上，而在实用的职业技术里，你们虽不能成为知识渊博的科学家，但只要努力，你们一定能成为像许振超一样在专业技术领域创造奇迹的人才。

人生的价值如何去体现，有以下三点，我愿与大家共勉。

一是做一个坚强勇敢的人。坚强勇敢的良好品质，是成就人生的最关键要素。比山更高的是人，比路更长的是脚。洪占辉是一名被父母抛弃的孩子，但他却没有抛弃自己，用弱小的双手在极其艰难的境遇中，将妹妹抚养长大，兄妹都成为了社会有用的人才。面对生活的不幸，他那种积极向上、勇于承担、永不言弃的责任和精神，应成为我们所有人学习的榜样。

二是做一个懂得感恩的人。人的一生领受了别人太多的恩情，这种恩情，是你离家上学时父母遥送的目光，是你回家时端上桌的一碗热乎乎的面条，是寒冬腊月披在你肩上的一件衣裳，是你遭受挫折时老师、同学、朋友的一声鼓励。一粥一饭，当思来之不易，我们只有学会了感恩，怀着不敢辜负父母师长的良心，才能时刻充满不懈进取的动力，才能成就自己圆满的人生。

三是做一个有益于社会的人。努力使自己成为一个适应产业发展需要、服务于社会、为社会创造财富和价值的人，这样的人生会超值。孔祥瑞，是一名仅有初中学历的工人，他在自己的工作岗位上实现了技术革新一百五十项，给国家带来经济效益八千万，成了受世人尊敬的"蓝领专家"，从而创造了他无价的人生。中国古代杰出的发明家鲁班，是一名勤劳而智慧的木工，发明了许多劳动工具，将工匠们从繁重的劳动中解放出来，他成了我国手工技师的鼻祖、能工巧匠的化身。英国人瓦特发明了蒸汽机，掀起了第一次工业革命，推动了社会的发展，从一个爱做梦的小男孩成为了推动工业革命的巨人。

人生不一定要惊天动地，人生不一定要腰缠万贯，人生也不一定要位高权重。最坦荡的人生是努力走自己的路，尽心做自己力所能及的事。人生是美丽多姿的，但不同的人，有着不同的人生。人们常说：没有激情的人生是乏味的，没有信念的人生是遗憾的，没有梦想的人生是惨淡和失败的。

梦想是人生的目标和方向，既是人生的起点又是人生的终点。但不切实际、异想天开的梦想就会变成虚无缥缈的幻想，就会成为水中月亮、空中楼阁。

今天的你们，正处在人生的一个关键时刻，你们选择了用技能成就梦想，我相信，这是你们最明智、最切合实际的选择！

"高度决定视野，尺度把握人生。"那么什么是人生的尺度呢？"尺度"是一个人的自身条件和社会关系的总和，它是人生起航和梦想得以实现的基础。一个人，对人、对事、对物的看法与态度，决定了他一生的高度。你认为自己是个没有用的人，是个不幸的人，是个终生依赖别人的人，那么你的一生就会在抱怨和痛苦中度过；你认为自己是个有能力的人，能为他人提供帮助、为社会作出贡献的人，那么你就会奋发向上，积极努力地去做力所能及的事。因此，对人生的定位尺度决定了人生的成败。

从这个意义上审视，每个人的命运都掌握在自己手里。我们要站在理性的高度上，准确把握自己的人生尺度，切实把人生的"梦想"建立在自身"尺度"的基础上，在以下两方面作出不懈的努力，成为可以改变命运的人。

一方面，绝不消极颓废，好高骛远，成为一个有志向的人。有勇气正视自己，清楚自己的长处与短处，分析自己的内外现状与条件，结合自己的志趣、爱好与身心条件，选择适合自己发展的专业，认真对待每一天。坚定自己的人生信念，以积极向上、乐观进取的心态，向着目标奋进。

另一方面，扎实学习专业知识，掌握专业技能，成为一个自食其力的人。要"明德、精艺、砺志、笃学"，要塑造健全的人格，形成健康的心理，锻造健壮的体魄，掌握精湛的职业技能。现代社会是以科学技术为生产力的社会，没有技术的人必将被社会淘汰。生存才能生活，掌握一门赖以生存的技术，才能为自己创造更大的生存空间。也只有掌握过硬的本领，才能立足社会，才能承担起家庭生活的重担。

现实和历史反复告诉我们，大凡有成就的人，无论有多么成功和伟大，他们都有一个不变的法则：在何种情况下都严肃认真地对待生活，脚踏实地做好每一件事情。

2009级的同学们：你们青春年少，风华正茂，你们已编织了正确的人生梦想，校准人生的尺度，正在向着既定的人生目标迈进，愿你们更加勤学苦练，精益求精，一年后，将用获得的职业技能为自己的人生折射出耀眼的光华。

2010级的同学们：人生如梦，光阴似箭，告别失意，点燃希望，让你们的人生以梦想为舵、勤奋为桨，推动自己扬帆远航。

各位尊敬的老师：看着绿茵场上这些准备用技能拼搏人生的学子，他们的梦想将打上职业教育的烙印时，我们要以永不衰竭的热情和不断迸发的激情，用十二分的真诚帮助每位同学健康成长；用博爱之行，引领他们穿越技能的璀璨长廊；用才艺之斧，另劈登堂入室的条条坦途！在课堂、车间和实训室里，用才艺和技能为他们贴上职业技术教育的标签，让他们用明德精艺、砺志笃学的光彩品行，捍卫梦想，打造尺度人生，实现个体最大价值，使他们在享有这个时代应有的尊严、体面和公信的基础上，成为社会瞩目的人才、家庭自豪的支柱！

沙坡头旅游新镇——河龟石

行政感悟

职教开拓者

教育家陶行知说过："把自己的私德健全起来，建筑起'人格长城'来。由私德的健全，而扩大公德的效用……"赵天有就是这样一个注重私德、崇尚教化和极富个人魅力的人。

赵天有担任过原中卫县财政局局长，在他的带领下，县财政局一直是县委、政府多年的"双文明单位"，也是宁夏回族自治区财政系统的先进集体。他的理财思路、职工教育理念和财政管理业绩，均受到县、地、自治区主管部门的广泛赞誉。

他是三年困难时期参加工作的，对从事财务工作无比珍惜，对基层财会队伍状况十分了解；虽经受过历次运动，但对事业发展依然保持着高昂激情；在改革开放的新时代，始终有着坚定的政治信念和执着的事业追求。

坚持不懈　抓好职教

赵天有是一个求真务实的人。他认为：财会队伍的业务素质和道德素质决定着一个地方的理财水平，职工教育就是要着力培养一支信念坚定和专业能力强的干部队伍。在促进改革开放和常抓职工教育中，他逐步确立了三个观点：一是"吐故纳新"。改革开放的核心是发展经济，必须与时俱进，不断更新知识结构，通过岗位培训和脱产进修，促使感性知识向理性知识飞跃,才有利于开创财政经济改革的新局面。二是"正面灌输"。将职工政治思想教育摆在重要位置上,并注意时效性和一贯性,把社会主义初级阶段理论、马克思哲学纲要的学习和时事政治、职业道德以及廉政法制教育贯穿其中。三是"两手齐抓"。坚持每年年初以目标责任书的形式,把思想教育内容同业务考核内容一并分解下达到分管局长和股(所)、岗位,年终同步考核,并与奖励、评先和择优上岗"三挂钩",有效地提高了干部队伍的整体素质。

长远谋划　夯实基础

赵天有少年时代上学读书少,深恐有辱责任与担当。十年秉烛,潜心苦学,使他博学多才。他深知业务知识的重要。20世纪70年代中期,一个拥有20多万人口、500多个独立核算单位的县,竟然没有一个会计师,具备中专以上学历的财会人员仅占12%。1987年,他担任了县财政局长,全县财会队伍业务基础薄弱的实际,使他倍感忧虑。就在那时,他萌生了一个念头,要下大力气改变现状提高财会队伍素质。

首先,建立一个培训基地。他力排众议,创办了中卫县财会函授站。他研究管理措施,选调得力人员,解决实际困难。但前进的道路总不是一帆风顺的。在办学过程中,个别学员或因工作原因,或因家务拖累,或因病和考试不及格等而丧失学习信心,半途辍学,他就要求班主任深入学员家庭、单位做思想工作。或亲自找学员个别谈心,多方说服疏导。三年里,财会函授站先后培训了五个班次,有107名学员顺利毕业,为提升中卫财会队伍业务素质夯实了基础。

其次,抓好两个重点。赵天有针对改革中财会法规、核算办法变化多的特点,注意抓了短期培训和岗位自学。坚持每年举办不同类型的学习班两至三期;积极鼓励财会人员走自学成才之路。三年里,共举办各类短期学习班十五期，培训人员达四百一十人次；组织乡财政干部参加地区以上培训五批三十六人；有二十八名财会人员参加自学考试；七名青年干部通过函授、电大和离职进修渠道完成大专学历返岗，既改善了财会干部的知识结构，又适应了财政经济管理发展的需要。

其三，抓好各种业务知识竞赛。他常讲：做好财政工作的关键是培养政治上可靠、思想上稳定、业务上过硬的干部。为此，他紧紧抓住业务知识竞赛的机会，1989年的全国会计知识大赛、1991年的全国珠算科技知识大赛，他都精心组织，全力投入。1992年，在全区财政、财务知识竞赛中，中卫县取得了团体第一名的好成绩。

经过几年的不懈努力，截至1992底，全县财会干部中具有中专以上学历的人员占60%，获初级、中级职称的395人，有力地促进了地方财会建设的发展。

别具匠心　培养骨干

知识与能力不是统一的。他深知"树人"之难，慈善不得，急躁不得，他惜才、爱才、用才。早在1988年，他在深入考察财政系统干部结构的基础上，就提出了"严把关、抓开端"的原则。对青年干部调入前坚持学历、能力、品德"三个标准"；调入后先上"四门课"，由支部委员进行谈话，了解思想及家庭状况，介绍本局职能；讲明学习、工作纪律，发给有关政策法规，起到了"正本清源"的作用。

"逼"和"压"是赵天有培养骨干的主要措施。对青年干部，他总是让他们满负荷运转，经常拟出命题，促其思考、催其成才。同时，还采取"压担子"的方式，进一步培养干部的组织能力。1989年，财政局股（室）分设后，先后把六名青年干部推上局和股（室）领导岗位，促其增长才干。在工作中，还十分注意从政治上关心、爱护青年干部，对递交入党申请书、向组织积极靠拢的同志，按业务对口指定培养人，对条件成熟的及时考察发展。由于长期坚持，形成了重学识、增才干、促提高的干部培养格局。到 1992 年夏，局机关 48 名干部中，中共党员占 53%，大专以上学历的占到了 64%。良好的干部素质加快了经济发展的步伐，成为推进财政改革的排头兵。

灵活多样　　注重实效

职工教育是全方位、多层次的。那些年，赵天有一贯把职教内容渗透到解决具体问题中。1989 年，财政收支预算难以完成，分管同志畏难情绪大。他先是鼓励大家下去摸底，然后召开会议，逐个摆出财政收支困难的问题，仔细商议"双增双节"措施，反复讲过"紧日子"的重要，引导同志们寻找症结，知难而上，从而使收支指标落在了实处。随着改革的逐步深化，部分同志仍存在着"盯着上面拿办法，等着条块出经验"的求稳怕乱意识。他因势利导，发动大家群策群力，先后大胆改革了乡镇和行政事业单位预算管理体制。针对预算管理中"乱批条子、乱开口子"的现象，1990 年提出了《中卫县财政预、决算暂行办法》。他根据县委《全县总体改革方案》，于 6 月中旬拿出了《财政综合改革规划方案》，有八个事业部门从 7 月 1 日起与财政脱钩，向企业过渡。他就是这样，站在改革前列，不失时机地把干部推入改革潮流，在改革与发展中培养干部、锻炼干部。

严于律己、率先垂范，是赵天有的一贯作风。

俗话说：不能正己，焉能正人。在资金安排上他从不搞厚此薄彼，做到"一碗水端平"。每年民主评议党员，他总是率先己评，坦言己过，没有巧饰，更无遮掩。无声的召唤产生了巨大的影响力，赢得了同志们的好评和尊重，形成了最佳教育效果。他对自己严格，对同志友善，一向把解决职工生活困难视为工作的一部分。妥善安置退休干部,坚持节日探望;帮助解决职工的住房困难、子女就业、婚丧嫁娶、老同志外出看病困难等问题。他还曾多次对我们说"顺气丸好吃",教育我们办公室干部多做"和事"与"顺气"的工作。赵天有的这些理念和做法,使职工感受到了党的温暖、集体的力量,而这种人格魅力极大地增强了职工的向心力和凝聚力。

在职工教育中,赵天有始终注意处理好四个关系:一是处理好职工教育与抓好财政工作的关系,把职工教育看作是"树人修己"的大业,以眼前利益服从长远利益,统筹兼顾,相互促进;二是处理好职工教育与改革的关系,使职工教育处于一个渐进的序列之中,改革每深入一步,财政经济工作每发展一步,职工教育工作就紧紧跟上一步;三是处理好职工教育中思想教育与业务教育的关系,使其置于一体,同步考核,互为保证;四是处理好职工教育同培养骨干的关系,把职工教育视为普及培养,骨干任用视为综合提升,二者相互依存,缺一不可。

赵天有就是这样一个富有开拓精神、辛勤耕耘、无私奉献的基层财政局长,在他的勤勉带领与督导下,中卫县财政系统的职教工作开创了崭新的局面。随着全国再次掀起的改革开放大潮,他又着手创办函授大专班,修改"八五"干部培训计划,瞄准了更高的职教目标。

辛勤耕耘　无私奉献

王振远同志，1980年毕业于宁夏财经学校，1983年离职进修于宁夏大学财经系，专业能力强，爱好写作。自1985年以来，他在中卫县财政局从事秘书工作，至1989年担任办公室主任以来，他干一行爱一行，不怕苦，不叫累，辛勤耕耘，默默奉献，是财政系统的一个标杆和尖兵。

一、抓学习、促转变，搞好思想教育

政治思想工作，是办公室工作的重要内容，但有时是最不易做好的工作，为了促进转变，切实克服"一手软，一手硬"的状况，几年里，王振远坚持不懈抓学习，使财政局思想政治教育工作落在了实处，取得了实效，受到市委宣传部、机关党委和财政厅的重视与肯定。

一是坚持周二、周五学习和星期一下午党员组织生活会制度。他从不无故放弃学习活动，有些同志因工作或其他事不愿参加，他常主动做工作；为提高学习效果，每次都认真准备材料。由于组织得法，注重实效，强化辅导工作抓得及时，在局机关连续三年的正规化理论考试中，及格率达100%，优秀率达90%以上。

思想政治教育是长期的，促进机关作风的转变也会是渐进的。1990年以后，王振远着眼于思想政治工作的新形势，重点抓了"社会主义若干理论问题"和"马列主义哲学纲要"的学习。同时，结合岗位学雷锋以及"春光杯""公仆杯""绿、美、净"三化等活动，积极协助局领导，组织全局干部开展了优质服务竞赛活动和送温暖、办实事、捐资助学活动。共捐助衣服56件送给西台乡三窑村吊庄农户；捐钱185元，购置儿童智力玩具50件，送给县幼儿园。在上述活动中，王振远同志做了大量具体工作，为密切干群关系、服务基层和促进机关作风的根本转变，作出了贡献。财政局连续三年被县委、政府授予"双文明单位"称号，全局干部思想稳定，情绪饱满，人人争优创先，个个干部不甘落伍。

二、勤调查、重积累，当好参谋助手

振远多年从事秘书工作，深知材料的形成绝非一挥而就。因此，他下功夫搞调查，积累点滴资料，注意剪贴和收集，对报纸上有关文章和信息，长期坚持剪贴和摘要，对各类杂志，平时注意收集，年终一一装订。包括局里各股室下发的文件，重要的也一一收集，坚持数年，他成了局里的资料员，不但有利于自身工作，也解决了其他同志工作中查找资料的困难。

有一段时间，财政预算依法管理的意识比较淡薄，当时没有管理办法，为了增强预算的刚性，有效地控制支出，强化预算管理，根据局长的思路，王振远起草了《中卫县预决算暂行办法》，凭着多年的积累，补充、完善和拓展了领导关于该办法的原始提纲。后经局长反复修改，1989年底由县政府通过，并于1990年1月执行，成为宁夏第一个预决算暂行办法。

对领导来说，办公室主任要起到参谋助手的作用。针对财政局每年重点工作任务与岗位挂钩不紧密的情况，他根据局领导的意图，将重点工作年初分解到人，实行目标管理，使思想政治工作和各项业务工作任务与岗位很好地结合起来，有效地克服了思想政治工作与业务工作两张皮的弊病，使各项工作任务落在了实处，做到任务明确、目标清楚，增强了全局干部的责任感，极大地调动了同志们工作积极性。

经常深入股所搞调查，掌握第一手资料，是王振远的一贯作风。他不捏造、不虚报、重事实、讲原则的精神是十分可贵的。1990年4月，财政厅下文召开财经系统思想政治工作会议，要求中卫拿两份资料，当时乡财政思想工作的材料任务由王振远同志完成，由于时间紧，手头缺乏资料，为此，他食不甘味，睡不安寝，连续六七天下乡调查，前后跑了八乡一镇，认真了解乡镇思想政治工作的现状，掌握了大量一手资料，虽然他消瘦了许多，但却高兴地说："收获不小，事例不少。"这个资料在会上进行交流，受到了与会同志的好评。

三、讲奉献、不气馁，带病坚持工作

王振远同志患肠胃病的六年，先后已两次手术，肠道切除近四分之一，从一个一百四十斤的汉子，一度减到百斤左右。论身体，他不比别人强，但论精神他是一个长期带病坚持工作、与病魔顽强拼搏的人。他第一次手术前，几个月查不清病症，有人说他得了癌症。按常理，人得了大病之后，多是悲观、颓废、惜命自安，毫无工作热情和劲头。可是他不悲观，不气馁，长期带病坚持工作。1985年第一次手术后，他需要长时间的休息和恢复，但是工作的需要和自身闲不住的性格使他又全身心地投入到工作之中，长期无节律的文案工作和第一次手术的缺陷，使他的病又一次复发。1989年初夏，从X光片上清晰地看到了大肠手术吻合处出现病灶。他既不告诉领导，也不诉说给同事，仍不分分内分外地工作。8月中旬，区函授站工作人员巡场，当时，站里只有一个人，领导委派王振远参与，被派到了海原，当晚，他肚子疼了一夜，肠梗严重。为不误考，王振远硬是咬牙完成监考任务。

局里安排草拟的《财政预算管理制度》《财务大检查处理结果工作制度》《专控商品审批制度》《会计系列任职资格评定制度》等六个廉政制度已成初稿，但质量较差，局长要求办公室组织修改核稿，于当年9月初定稿印发。此时王振远病情已比较严重，有时一天梗阻两三次，疼得他直冒虚汗。为了将廉政制度完善好，如期下发，他还是加班修改制度。爱人多次劝他住院治疗，局长也再三催他先住院治病，另外组织其他人员改稿，但他还是坚持全部修改好廉政制度，这时他再也坚持不住了，才到北京实施第二次手术。

四、学新知、苦钻研，努力进取拓新域

那几年，财政改革迈了一大步，文秘工作要反映各项业务工作，就必须深入了解，掌握各项改革和核算的基本方法及内容。王振远同志先后认真学习了《财政十年改革》《梯级财源轮》和《财政理论与改革实践》等著作，大量翻阅了《财政》《财政研究》《财务与会计》等刊物，并将好文章推荐给同事，积极讨论财政体制问题，帮助修改论文。局里有几名大学生，有的能写好材料，但不懂业务；有的文字功底好，但公文写作能力差，学生腔重，未掌握公文要领。他都一一帮助提高，讲自己写材料的体会；由浅入深地讲财会知识；辅导提纲；对其初稿反复修改，指明问题，使这些同志受益匪浅。

局里大部分干部，有公文写作的实践水平，但缺少公文写作的理论知识，大小稿件指望交差了事，有的稿件似是而非，局长对此较头疼，核稿之苦，苦不堪言。于是指名王振远定期辅导公文写作知识，一年见成效。为此，振远同志走书店，访亲友，查找资料，精心准备，定期进行专题讲座，采取灵活多样的辅导方法，半年里取得了明显的成效，受到了局领导和同志们的一致好评。此外，振远还积极协助支部书记，做好建党对象的培养和新党员的发展工作。

　　王振远同志作为支部委员，负责局机关的党务工作，尽职尽责。由于工资的频繁调整，党费的收缴也要随之变化，他都能及时提醒，从未错收过一次党费，受到县直机关党委的通报表扬。由此我们不难窥见他对工作的负责精神。1991年他被评为优秀党务工作者，受到了机关党委的表彰奖励。

　　作为办公室主任的王振远，凡事都坚持原则，自己拿不准的都事先请示领导，从未利用职权谋取任何私利。相反，他虽曾两次手术，重病缠身，但是各项社会活动和义务劳动，他都积极参加，时时处处以身作则。他常说"一人红，红一点，大家红，红一片"。他总是广泛团结同志，一道工作，兢兢业业，默默奉献，尽心竭力做好每件事。

中卫市腾格里湖景区

答谢辞

今天，能与自治区旅游局的各位领导、旅行社的各位老总们一起度过这难忘的时刻，我们感到非常荣幸！难忘的是，在即将过去的2002年里，我们荣辱与共、风雨同舟；神圣的是，这一刻是用汗水和友情赢得的。

答谢——是对昨天辛勤付出的真诚报答，也是对明天忠实守信的无言叮嘱。

在即将过去的一年里，由于各级领导、各界朋友，尤其是旅游界、新闻界同仁的鼎力支持，中卫旅游取得了新的业绩，书写了大漠·黄河国际旅游节和世界旅游日"千人治沙、千人漂流"绚丽多彩的一页，以沙坡头为龙头的各景区，都开创了可喜的发展局面，中卫旅游接待人数达到64万人次，旅游直接收入实现1840万元，间接收入达到7912万元，分别比上年增长29%和22.4%。其中：旅行社送团562个，人数达到31900人。

这是协作的成果，也是友谊的结晶。在此，我代表政府及中卫县各旅游景区和星级宾馆、饭店的同仁们向自治区、各市县旅游局的领导，旅行社和新闻媒体的朋友们表示最真诚的感谢！

旅游发展的雄关漫道无时不在考验着我们，过去的日子留下了我们兄弟般真诚合作的足迹，未来的岁月也必将创造我们倍加双赢的辉煌。

伴随着全面建成小康社会的号角，中卫加快了中等园林旅游城市建设的步伐。在这浩繁宏大的艰难跋涉中，在前套广袤的土地上，在世界一流的旅游资源旁，在景区着意包装的线路里，我们既需要领导们的谋划和才思，也需要旅行社老总们的青睐与呵护。我们期盼着在旅行社团队的计划里，多有一些这样的字眼：中卫、住中卫、行程 1.5 天以上……

女士们、先生们，在这滴水成冰的严冬时节，宁夏旅游界上上下下都在用心血和睿智托起着旅游业这轮朝阳，使我们感到春风拂面，暖意融融。

昨天，为了共同的事业，我们曾经携手并肩；今天，为了诚信的合作，我们在此共商大计；明天，为了责任和荣誉，我们必将无怨无悔。

最后，愿中卫的旅游事业像宁夏的大旅游业一样，在充满生机、富于挑战的 2003 年翻开无愧于时代的新篇章。

上善若水

"上善若水"出自老子《道德经·道经》："……水善利万物而不争，处众人之所恶，故几于道。"在自然万物之中，老子以"水"喻道，并从哲学的层面上，用水德来推演他所推崇的"上善"，今天读来，尤值深思。

水之所以是上善之物，来自三种与众不同的秉性：

其一，水以至柔胜至刚，以至弱胜至强，以至下胜至上。自然界处处充分证实，没有哪种物质比水更能完美体现柔胜刚、弱胜强、下胜上。比如坚硬的土壤，唯有以水浇灌方能松软而复种；棱角分明的砾石经水的冲刷，方能圆如团石；水滴石穿，水浸木朽，水囤山裂。水又具有向低处流的天性。"人往高处走，水往低处流"，直白地概括了水处低守下的习性；水从不居高，即使源于高也流向低，且哪儿低、哪里凹，往哪里聚，更兼得愈深邃愈安静。

其二，水晶莹剔透，质朴无华，知前著后。水无色，更不斑斓耀眼，但彩虹却由水而生。水以清澈、透明赢得世人赞赏，即使有时因掺有泥土而浑浊，因被拘禁而污染，但它始终把流动、透明作为最终追求。水甘于居后，从不争先，但万流归宗，拥有摧枯拉朽、雷霆万钧之势的必定是水。

其三，水利万物而不争，处众人所恶而淡然。对世间万物，水只有付出没有索取，水只有劳作不求回报。水不做妄为之事，不事轻狂之作，滋润万物而不主宰万物，有益于万物而不争名与利。

老子何以将水推崇为上善之物，追根溯源有六个方面，即：善借势、会制宜、广包容、能恒忍、甘静寂、利万物。

第一，善借势。滴水穿石靠什么？山势和石势给予了水滴条件。水之所以能实现上善，首要的是善于借势、借力。水之借势，遇方则方，遇圆则圆，漏而穿之，隙而挤之，堆而绕之，借势而不造势，更不乱势。借势者崇尚自然，顺应自然；造势者蔑视自然，逆反自然；而不知崇尚、敬畏、顺应自然者，必然沉醉于造势。造势可能会得逞于一时，但从历史的必然来看，终将走向衰败、没落与灭亡。

第二，会制宜。水无常态、无固形，随时随地、因时因地而变化。水正是能因时制宜、因地制宜、因事制宜，故得以借山势、借地势、借一切可借之势。"会制宜"的本质是适他，就是依照客观事物的存在和发展，积极、主动地调整自己，使自己与客观事物、客观规律相一致。水令人惊叹之处，不仅在于因时因地因事改变自己，适应客观，更在于它有一种令人难以置信的自我修复能力。刀落断水，水即两分；刀起水合，其流更甚。

第三，广包容。水容万物体现在"守下、广纳、中空和真容"上，无论在峰谷、在丘陵、在平原，水始终如一地选择了低下。正因为水之"守下"的秉性，才使原本的分散和弱小，成为集合与强大，最终蓄势为洪流，汇合为江河、海洋。守下固然伟大，然而更为伟大的是它的"无所不容"。在纳的过程中，对所纳之物时时改造，"同流不合污"，从而使之同化。"水至清则无鱼，人至察则无徒。"真正的包容是无私之容，而唯有无私之容才是真正的包容。因此，人只有心胸空旷，才能容事、容人。

第四，能恒忍。恒忍有三法：一是有根方能恒忍。恒忍有根，只有

"咬定青山不放松",才能"任尔东西南北风"。二是志存高远方能持之以恒。持之以恒之难,不是难在顺境,而是难在逆境,取决于是否有高远的志向,正所谓"沧海横流方显英雄本色"。三是无欲无为方能恒毅坚韧。无欲则刚,无为则强,做到无欲,很重要的一条是要能"抱一守中"。人间万物,信为根,念为本。一生中守住一个信念,就可以战胜一切艰难险阻。做栋梁之才,根基在抱一守中,任何时候,任何情况下,都"立根乱石";任何挫折,任何失败,任何风雨,都坚守信念,矢志不渝,最终必能成就辉煌。

第五,甘静寂。水迈入上善殿堂,甘于静寂是根本成因。成大事要忍受寂寞,甘于宁静,最忌喧嚣、浮躁。世界万物,什么最可怕?被淡忘、被忽略、被轻视的人最可怕,也最值得重视、最值得交流、最值得研究。因为被淡忘、被忽略、被轻视之时,正是整理自己、积蓄能量、实现意外之举最从容之时。当人被淡忘、被遗忘的时候,如果这个人有"抱一守中"之念,就会自觉地沉淀自己,待时而动。

第六,利万物。水利万物,四性尤贵:一是利而不择。甘露普降,惠及万家。水并不因为这里是麦地或稻地才浇灌,不因为你是好人才让你饮用,也不分你是哪个国家而流淌。做到这一点十分不易。特别是有思想、有憎爱、有善恶之分的人,做到"利而不择"需要特别的品质、特别的情操、特别的胸怀。二是利而不索。水利万物,但从不要求万物给予回报,更不向万物索取回报。这是水最可贵的品质和格调。联系到现实生活,利而不索就是施恩而不图报,施恩贵在清纯。三是利而不藏。水利万物,倾其所蓄,没有一丝一毫的隐藏。四是永利不辍。水利万物,不分昼夜,不分阴晴,不分峰谷,永远生生不息。这种"永利不辍"的品质,最值得尊敬。

水性即水德。就中卫这个沙漠水城而言,无论是各级领导干部,还是普通党员群众,从水性水善中我们应深悟"水德水品"。其实党员干部平日里能坚守义务、权利和责任,普通群众在平凡中能张扬真、善、美即为"上善"。但在现实中,在实现"中卫梦"的进程中,上善有时显得那么苍白乏力。

在落实决策中,有些干部无视中卫的区位优势,对市委、政府提出的"四大战略"等重大决策缺乏眼界与气度,推动工作暮气有余,朝气不足,是非功过评说多,"眼里有活,用心做事"少。

攻坚克难中,一些干部理想信念不坚定,缺乏"功崇惟志,业广惟勤"的大志与勤奋,落实任务冲得上拿不下,得过且过、漫不经心多,敢于担当、真心负责少。

为民服务中,部分干部宗旨意识淡薄,缺乏贴近人民群众新期待的热情与真诚,离心离德、浅尝辄止空谈多,群众信任、放心托付少。

深度清洁中,有些人,依然我行我素,空间自律意识差,不能从庭院走廊做起,不能自觉维护家门之外的公共空间;部分农户庭院内外一片狼藉,与建设美丽家园很不相符。美化绿化中,个别人攀折践踏花草,破坏路灯广告灯箱,损毁公共设施,缺乏"人人都是旅游形象,处处都是旅游环境"的城旅一体化意识。

秩序建设中,仍有一些乱涂乱画、乱堆乱放、乱停乱摆的现象,有些人无视交通信号随意穿行,摩托车、电动车横冲直撞;工程车辆撒、渗、漏时有发生,缺乏应有的公共道德和生态环境意识。

凡此种种,与水性水品水德之"上善"相去甚远。我们应知水性处低守下、质朴向上,明水德广纳恒毅、永利万物。始终以水品自励,以上善自勉、昂扬奋发、浴火重生,为建设一个风清气正、洁净美丽、理性包容、和谐富裕的新中卫,从我做起,从点滴开始!

共产党员于细微之处见先进

通过开展保持共产党员先进性教育活动，随着学习面的增加，学习内容的拓展和对深层问题与当前现实的对比理解，深刻地感到，伟大的中国共产党是一个政党，是一个肩负中国十三亿人口命运的政党，也是一个在艰难复杂的国际国内环境中把握航向，领导全民族实现伟大复兴的政党，更是一个在今后一定历史阶段，带领人民奔向小康社会，实现人民生活富裕的政党。这样一个充满了复杂挑战使命，应对浩繁局面的政党，怎么可以没有纪律，没有"三个代表"，没有持之以恒的保先教育呢？

在中国共产党的领导下，中国人民翻身得解放，成为国家的主人。在血雨腥风的岁月中，党的各级组织，每一个党员，对革命的阶段性目标是清楚的，理想和信念极易通过残酷而复杂的现实得到验证，灵与肉、情与感、忠与奸也极易辨别。共产党员的先进性在残酷的斗争中、在激烈对抗的攻杀中、在舍生忘死的奋斗中、在牺牲一切包括生命的洪流中是那样的高屋建瓴。但是八十年的革命征程，特别是20世纪70年代末80年代初以来，尤其是不以阶级斗争为纲，以经济建设为中心以来，随着改革开放步伐的加快，随着人民生活水平的不断提高，随着人性大于阶级性以及全面"以人为本"的推出，生活中斗争的东西少了，革命性成了陈年老词，先进性越来越被平静的生活、和平的年代、格式化的分工所抹杀。特别是以经济建设为中心之后的时代，各阶层进入党的队伍，知识化、经济化和社会化替代了革命化和政治化，毫无疑问，党的队伍自身成分复杂了，党的队伍与时俱进了，党的队伍的组成是打上时代烙印的，党的队伍建设也是执政和适应挑战的需要。因此，需要对这样一个伟大的政党进行教育、进行自我修养和调理，需要集中的，以一个主导原则为基调的整体提升运动。重要的是要根据执政需要进行高度统一的教育，根据变化的时代和环境，使领导一个民族的政党首先实现思想理论的飞跃，并永葆健康、积极向上和奋发进取，只有这样，才能真正确保成为永不褪色的和令亿万民众信赖的伟大政党。

那么面对变化了的环境、变化了的任务，如何面对并永葆先进性呢？这是摆在中国共产党人面前的共同课题。简单复杂，容易而艰难，平凡而伟大。"简单"在于先进的环境不同，一时的先进极容易做到，也是在平凡中实现的，"复杂"是各界的先进表现不一，也难于长期做到先进，实现先进又常常是不易的。

先进性是中国共产党的重要标志，离开了先进性，就没有了时代性，也就失去了领导能力和执政能力，最终失去执政地位和民族赋予的伟大使命，而党整体的先进性又必须靠每个党员个体的先进性去体现、去保证、去落实，因此党员个体的先进性是党组织整体先进的基石。

作为普通党员干部，自身的先进性，平时的楷模度，修养的纯洁和锤炼的品位是伟大的党永远体现"三个代表"的基本载体。我们要常常这样要求自己，在接受各级党委、政府的工作安排时，能够想到如何抓好落实；在执行党和国家乃至地方党政重大决策时，能够想到综合国力的提高和人民生活水平的提升；在对待建设与发展时，能够想到科学的发展观；在对待具体劳动纪律上，能够认真遵守，无条件做到；在对待个人利益上，能够坦然视之；在对待攻坚克难任务上，能够全力以赴；

在对待同志，待人处世上，能够做到公道、正派；在对待荣誉上，能够谦虚礼让。党员应在不同的工作岗位上，是美的化身，是智的体现，是公允的见证，是实干的典范，是优良的服务者，也是开拓者和创造者。

要做到这些是多么得艰难呀！其实难在"表现"上，共产党员要真正实现自己的价值，都必经抛开过去形成的一些庸俗观念，我们不表现什么，而是自身存在什么；我们不为什么，而是我们追求什么。当我们把党员应有的先进性都修养为党员的素质时，当我们的行为无不打上党员的烙印时，我们就无处不在闪光，无处不在发亮……

沙坡头旅游新镇——昊丰钢包遗迹

充满激情和跳起来摘桃子

牛玉儒是党的高层管理干部。他在三十多年的革命生涯中,始终牢记党的宗旨,以强烈的事业心和责任感,呕心沥血,忘我工作。他以俯首甘为孺子牛的品行、只争朝夕的勤奋、自加压力的进取和舍生取义的奉献而名垂青史。

牛玉儒精神的核心和本质是对工作、对事业充满激情和跳起来摘桃子的勇气与魄力,是在条件不成熟时,创造条件完成任务,是面对工作呈现出永不衰竭的热情和时刻跳跃着的激情,这些是对我们的最大震撼所在。

激情是一种奋力前行、永不懈怠的精神状态。牛玉儒的激情表现在讲话慷慨激昂,做事雷厉风行,对事业总是激情如火,信心百倍,既运筹帷幄又冲锋陷阵。

常常有这样一种观点,对稍有激情的干部,视之为"拿不稳""不成熟"。其实不然,没有了激情,就失去了活力,失去了劲头。没有了劲头,只会剩下暮气和懒散。人生一世,真正工作的时间不到四十年,我们的确应多一点牛玉儒对工作的那种热情和激情。从事旅游工作,送迎往来需要热情和激情,景区包装需要热情和激情,市场营销也需要热情和激情。试想没有对风景名胜的热情和激情,哪有对景区景观的灵感与创意?没有对人的热情和激情,哪有游人如织?没有对事业的热情和激情，哪有包机和专列？

"跳起来摘桃子"是对牛玉儒三十多年工作作风和精神实质的比喻性概括。"跳起来摘桃子"的精神，侧重于干工作的勇气、担当和魄力。古今成大事者，不单要有过人之才，更要有超人之志和争先之行。做一名党的优秀领导干部要如此，做好旅游工作亦如此。特别是在市场竞争日趋激烈的今天，不思进取，四平八稳，按部就班，就只会被时代淘汰。正因如此，牛玉儒的精神才更加光芒四射。如今，旅游产业被世界经济学者称为21世纪的朝阳产业，世界各国、国内各地都争相开发旅游产业，旅游景区如雨后春笋遍地开放，产业领域不断拓展，产业链条不断拉长，一步跟不上，步步难追上。我们绝不能沉醉于老框框和老模式，要坚决破除小富即满、小富即安的思想。要敢想、敢干，与强的比，向高处攀。

说大了，激情源于对党和人民事业的高度责任感与使命感；说小了，激情来自对岗位的责任心。"跳起来摘桃子"是这种责任心的切实体现。面对巨大的竞争压力，面对新中卫的发展要求，面对中卫旅游工作面临的困难局面，我们党员干部都要以牛玉儒为楷模，学英模事迹，走英模道路，对工作、对事业永远充满激情，勇于跳起来摘桃子。

寺口度节话融合

今天，我们全校 161 名教师选择登山、野炊、联欢等特殊的聚会形式，以"融合"之名，在寺口胜景共度第二十五个教师节。对于新教师，这无疑是一个充满创意而又令人难以忘怀的活动。

众所周知，中卫职业技术学校应教育改革而建，以凤凰涅槃般的精神迈出了跨越式发展的第一步。在建设百年名校的起点上，我们共同肩负着神圣的历史责任。毋庸置疑，我们在基本建设、实验实训装备、教学管理三条战线上同时奋战，困惑我们的事务实在很多，而首先面对的是教师团队的团结力量、磨合状况及沟通了解还十分不够。因此，我们有必要在寺口"大地缝"中，在钟鸣鼎食的柴火边，在心惊肉跳的"天渡"上进行浅层次的融合和磨合。

"融"是相识、相知、相交汇，"合"即汇聚、结合、心齐力合。融是过程，合是结果；没有融，也就无所谓合。

当我们漫步在职校美丽如画的湖边小道，面对谦和温馨的脸膛，将迎面而来的"张、王、李、赵"误以为"高、夏、蔡、田"时；当我们驰骋讲台，困惑切磋，不知寸有所长，尺有所短；当权力成为专利，才德平庸，身负泰山不知其重，步履薄冰不察其险时；当名为得道高师，良师益友，忘年之交，实为欺世盗名，知行不一时……凡此种种，不一而举，都需要师与师、师与生、干与群之间进行广泛具体的融合。

促膝相谈、交流技艺、善意调侃、诙谐幽默、文体艺技都是融合方式。"融合"不是简单的"掺和"。我们要在君子和而不同的道德规范下追求高品位的自我完善；要像学者、贤哲在融合中去伪存真，使理论日益完善；要像剑客在切磋中技精艺长；要像亲兄弟、好姐妹那样，虽互相碰磕、忠言逆耳，但肝胆相照，情分日笃。对我们学校来讲，配合时不我待，真诚、快速、全面的配合，是我们建设校园文化，促成统一集体意志和体现人文关怀、形成团队精神的基础。

早在20时期80年代，中卫职业技术学校的精英们，就已经开始了艰难的探索，实现了内外的良好融合；2000年开始的时候，又实现了"进修学校"与"职业中学"的全面融合。良好的融合传统，千载难逢的发展机遇，必将促成"相互激励、和谐共进"的新的大融合、大发展、大提升。

光阴似箭，日月如梭。当流淌的时光凝聚成日子、岁月；当岁月与春秋的年轮深深地印在我们的脸上，而我们的脑海里还能常常浮现"寺口古道""三石一锅"的场景时，相信我们都将脱

中卫寺口子景区柴门

离庸俗，成为把集体、责任和荣誉放在心上的优秀团队。

岁月如歌，汗水谱著；人生如诗，智慧凝句。

一天的融合生活，带给我深深的感悟，我没有想到同仁们是那样的投入，那样的执着，那样的忘情……让我们以见贤思齐的品德，以海纳百川的胸襟，以爱生如子的情结，以志存高远的言行，群策群力，博采众长，拼搏奋进，共创中卫职业技术学校乃至中卫的美好明天！

于己丑年中秋

在大讨论活动中的几点思考

七月流火，伏天炽热。中卫即将翻开她新的一页。当前，"建设和谐富裕新中卫"大讨论活动如火如荼，在活动不断深化中，我们深刻地感悟到，"中卫需要在务虚上，即在找出符合中卫实际的创新发展、科学发展、跨越发展的路径上补上一堂大课"。近期，全市加强和创新社会管理工作会议、上半年全市经济形势分析暨银企合作会议相继召开，"千名干部下基层大走访大调研"活动逐镇村开展，唱响了中卫提速发展、实现崛起的主旋律。市政府办公室机关必须融入到全市加快发展的大环境中，进一步统一思想行动、完善工作措施、改进工作作风，以"等不起"的紧迫感、"慢不得"的危机感、"坐不住"的责任感，认真落实会议精神，以全新的形象服务于全市经济社会发展大局。

一、政府办地位的再认识

政府是带领全市人民实现经济社会发展既定目标的引擎，是社会各种信息聚合和发散的中枢，也是解决各类矛盾和复杂问题的平台。政府办公室机关作为政府的综合办事机构，历来被喻为政府的司令部、参谋部、协调部和后勤部，担负着"参与政务、管理事务、协调服务"的重要职责，地位和作用非常重要。特别是进入信息时代，随着全球经济一体化、新型工业化和城市化步伐加快，市场在资源配置中的基础地位和主导作用不断增强，已成为经济发展的新态势；随着资源消耗和环境保护约束力的增强，低碳经济、节能减排，已成为产业结构调整的主基调；随着经济社会的发展进步，改善民生，关注困难群体，已成为社会发展的主旋律。政府既要肩负起推进发展的责任，又要应对各种纷繁复杂的社会矛盾。政府办公室机关如何适应这种形势，就是要站在新的时代制高点上，对承担的责任进行再认识。

一要增强中枢地位的认识。政府办公室机关虽没有政府决策权，但通过办文、办会和办事，客观上成为权力运行和解决民生问题最为重要的平台。因此，任何时候都不能等同于一般政府部门机关，必须把握角色，把握全市经济社会发展大局，对政府重大决策、重点工作，按照"五定"工作法的要求，切实抓好督办落实，做到思想行动上、工作节奏上与政府要求相合拍，绝不能失之于软、失之于宽、失之于松，坚决当好政府决策的推动者和执行者。

二要增强参谋助手地位的认识。政府办公室机关发挥着参谋助手作用，最主要的就是以文辅政。深入研究国家和自治区各项政策措施，加强调查研究，准确把握上级政策和地方实际工作的结合点，掌握上情，吃透下情，起草高质量的文稿，为政府领导决策提供依据。同时，在办文、办事和协调中，对各类问题应有独到见解，要察纳雅言，博采众长，要去伪存真，提出真知灼见，以其历练和修养发挥好参谋助手作用。

三要增强政府形象"代言人"的认识。政府办公室机关代表政府联系上下，沟通左右，理顺关系，布置和落实工作任务，促进政府机关的高效运转。政府办公室机关工作质量的好坏，效率的高低，很大程度上直接代表着政府的形象。必须力求做到传达贯彻政府决策意图，方案具体、目标明确；执行政府决策必须落地有声、督察有力；即使是在办文办会、对外接待上，都要体现出政府机关的最高水平和文化内涵，给人一种办事严谨、耳目一新的感觉。

二、新形势下如何奋发有为

"不谋全局者，不足谋一域"。政府办公室机关要树立大局观念，始终着眼全局，站在全盘统筹的高度把握工作，思考和处理各种事务与问题。当前的"新形势"，就是在"建设和谐富裕新中卫"的大背景下，全市上下齐心协力，围绕突出抓好工业、稳步发展农业、加快发展城市、着力发展物流业和大力发展旅游业的总体思路，扎实做好各项工作。当前的"全局"，就是市委、政府谋划的中卫发展的着力点和增长极，即中卫工业园区东扩、优先发展旅游产业、加快大物流建设；当前的"局部"就是力促秋粮丰产和硒砂瓜增收、各类基本建设项目和工业生产项目开工投产；当前最大的"大局"，就是要引进新疆广汇集团、重庆紫光集团和港中旅集团，在中卫建设有震撼力、带动力的大项目、好项目，并促其落地，以期对中卫产生重大而深远的影响。政府办公室要适应这种形势，要勇于奋发有为。

一是树立"细节决定成败"的理念。始终把握从大处着眼、小处着手的原则，不管是一篇文稿、一次会议，还是一次接待、一次考察及一项工作的落实，都要细致入微地研究把握每一个环节，追求精细、卓越，力求做到最好。在城市管理中，要起草审修好"美丽绿化"46条和"以克论净"50条。要关注细节，周密安排好启动初期的工作，特别是工具革命、区域考核、渣土车罩网等，不能遗漏任何细节。

二是树立主动超前服务的理念。为领导、为基层、为群众搞好服务是政府办公室机关的重要职责。要变被动服务为主动服务，变单一服务为全面服务，变一般服务为优质服务，积极为领导决策收集信息资料、提出参考意见；认真分析研究经济社会发展中的热点难点问题，积极反映和帮助解决群众的诉求；做好部门工作的督办落实、上传下达、协调工作，做到"到位不越位"，"到位不错位"。

三是树立"有为才有位"的理念。政府办公室机关工作人员要不断学习，不断"充电"，打造"有灵气、聚人气，富有才气"的团队。特别是面对变化的时代和领导，必须加强学习，与时俱进，才能跟上其思维跳跃的跨度，才能服务好、发挥好作用。要树立不讲条件、吃苦耐劳、以苦为乐、甘于奉献的作风，保持充满激情、踏实工作、锐意进取、勇于创新的精神状态。在工作中不断增长才干、树立威信、提升形象，以卓有成效的工作赢得领导、组织和社会的认可。

三、发挥岗位独特作用

政府办公室的岗位，都因其独特的职责与工作内涵而设立，每个岗位作用的发挥，每个人的一言一行都代表着政府办公室机关的形象，直接影响着市政府的形象。特别是副秘书长，更是一个特殊岗位。副秘书长肩负着协助副市长处理日常事务、协调解决相关问题、沟通联系上下关系，为领导提供决策参考的重要职责。发挥好副秘书长的作用，必须在以下五个方面体现能力。

一是统筹协调能力。要有领导眼光、战略眼光，工作有计划性、前瞻性，能够对分管工作作出合理安排。面对纷繁复杂的具体事务，能分清轻重缓急，做到统筹兼顾，自己能解决的自己担当解决，不向副市长上交矛盾，让市级领导腾出精力抓大事。

二是调查研究能力。能俯下身子，调查研究，担当重任，对职责范围内的事情作出科学准确的基本判断。为分管副市长解决问题提出真正有价值的建议，不大而化之，不袖手旁观，不推过抢功，不明哲保身，切实发挥好参谋助手作用。

三是文字综合能力。要具有很强的、突出的文字功底和组织材料、审定材料、整体统稿的能力。副秘书长在内是"大秘",对外是"大员",确需在"以文辅政"和"以事辅政"中发挥重要作用。

四是决策执行能力。要经常点击行业和部门网页,随时了解重点工作和重大项目进展情况,适时到部门、到基层督促检查政府决策执行情况,适时提出跟踪督办意见,帮助基层解决问题,为提高政府执行力起到保障作用。

五是处理突发事件能力。做到思维敏捷、反应迅速、虑事周全。凡遇急难之事,都要提出对策与预案,不能拿着悬案考领导。要独当一面,勇于直面问题,积极稳妥地处理突发事件。

四、构建一流团队

政府办公室的工作性质、工作特点,要求政府办公室工作人员思想素质要高,业务能力要强,工作表现要过硬。因此,必须打造出一支办事得力、组织信任、领导满意的团队。

一是树立全体干部无上光荣的自豪感。在政府办公室工作受到世人尊重、社会敬仰,人之向往。全体干部都要充分认识到在政府办公室工作的神圣感、责任感,始终怀着感念之情,珍惜这个来之不易的人生重大机遇期,心志刚毅地干好本职工作。

二是建立"能者居之"的用人机制。就是要不断地挖掘精英,让有基层工作经验、有较高学识水平、有较强文字功底、热爱办公室工作的年轻人充实到重要岗位上,始终保持政府办公室昂扬向上的干劲和活力。

三是形成积极争先的工作作风。只有敢讲奉献、能吃苦的人才能胜任政府办公室工作。每个干部都要具有不怕累、不畏艰苦的精神，恪尽职守，殚精竭虑，高标准、高质量、高效率地干好本职工作。真正构建起一支具有勤恳学习的态度、锐意进取的精神、务实苦干的作风、无私奉献的人格、追求一流的团队，共同迈向建设和谐富裕新中卫的宏大目标！

沙坡头旅游新镇——屎壳郎石

岁月如歌

岁月不居，光阴飞逝，转眼 2011 年即将过去了。回首 2011 年，我们感慨万千。平时的沉稳也抑制不住我们内心的激动，再丰富的语言也表达不出我们内心的所历、所思、所感。

这一年，我们办公室集体取得了许多可歌可泣的光彩业绩。在市委建设和谐富裕新中卫宏伟愿景的强力感召下，市长及各位副市长殚精竭虑、呕心沥血、锐意进取，他们良好的工作状态，给我们带来了强大的精神引力和不断充盈的工作原动力。面对神圣而严肃的责任，虽如履薄冰、诚惶诚恐，但我们迎难而上，敢于面对；虽时有瑕疵，做不到最好，但我们孜孜以求，诚实坦荡。在严厉、理性而又极具温情的氛围中，在制度精细而又极具工具属性的模块中历练，人因环境而渐变，综合素质在提升。在纷至沓来、交错叠加的事务中，充分发挥了参谋辅政、综合协调、政务服务、督察落实、后勤保障等职能作用，为提高市政府决策执行力和工作高效有序作出了积极贡献，呈现出"三上、三少、三满意"的可喜局面。"三上"即办文上水平、办会上台阶、办事上档次，"三少"即领导批评越来越少、部门意见越来越少、群众投诉越来越少，"三满意"即领导满意、部门满意、群众满意。

这一年，记载着我们一串串努力攀登的艰辛足迹。我们共同用勤奋与执着、忠诚与汗水，倾力完成了市委、政府年初下达的 19 项重点目标任务；在市长亲自指导和各位副市长积极参与下，建立了4项专报制度，秘书岗位职责与工作流程、市长信箱、政务服务中心、政府网站工作规定4个共134条，创办《政府法制参考》、改版网站版面、成立涉法涉诉联合接访服务中心、设立中卫市五联动综合信访大厅等7项创新性工作得到社会赞同；信访工作实现了"四个下降"；接待国内外宾客528批次；市长信箱受理群众诉求2415件，办理历年积案101件，切实建立起了为民办事的补偿机制；坚持改进国家工作人员培训和考试工作；在广申、港中旅考察投资接待等重大活动中获得六星级服务赞誉。我们共同将一幕幕的难忘瞬间化为了永恒，集体谱写了市政府办公室工作的新篇章。

这一年，宣泄着我们向大地要自尊、向内心要生命、向天空要阳光的内心独白。批评、教训、检视与成功和喜悦相交织，砥砺中百折不挠，越挫越坚，初步形成了集体自尊向上、奋发进取的豪迈正气。我们经受各种复杂局面的考验，顶住繁重工作任务的考验，适应领导严格要求的考验，应对各种有形无形压力的考验。市政府办公室到处是忙碌的身影，夜以继日常常挑灯苦战，废寝忘食，每每乐在其中一件件、一项项工作完成后的成就感和喜悦度，让我们深深感受到：虽然艰辛却光荣着，虽然忙碌却充实着，虽然孤独却快乐着。

岁月如歌，汗水浇铸；人生如诗，智慧凝句。冰雪的消融只留下寒冬的印迹，春天的到来会带给我们无限的美好与憧憬。展望2012年，我们豪情万丈，但同时深感责任重大。在新的一年中，我们必须树立高尚的价值理念和目标追求，用至死不渝的"义"，换取人生的大"利"。紧紧围绕市委、政府中心工作，以"相互激励、和谐共进"为思想文化基调，推崇经验、总结失误、增补措施、锐意进取。努力建设学习型机关，在人员素质能力上有新提高；努力建设务实型机关，在整体工作效能上有新突破；努力建设服务型机关，在优质服务上有新成效；努力建设创新型机关，在职能作用发挥上有新业绩；努力建设和谐型机关，在整体工作状态上有新面貌。

　　当飞逝的光阴凝聚为日子，当流淌的日子积聚为岁月，当无法抗拒的年轮深深地刻在我们脸上，而我们依然坦荡自若，相信我们一定是脱离了世俗，沉浸于事业而又切实将团队、责任、荣誉放在心上的优秀集体！

中卫市大漠边关景区——长城遗迹

明确城市定位　彰显城市特色

早在381年前（1631年）的卫所制时期，勤劳智慧的中卫人就确定了"锁扼青铜、对峙香岩、爽挹沙山、控制边陲"的"卫城"定位，早于中卫设县（1724年）近100年，非常贴切地总括了当时卫城的立地、功能和特点。当历史的车轮缓缓驶过，随着政治、经济、社会和建制的变化，中卫提出了"黄河古城、浪漫沙都、花儿杞乡"的城市定位，进一步融入了经济元素和城市发展目标等内容，体现了时代特点和外宣形象。自治区第十一次党代会，提出了建设和谐富裕新宁夏、与全国同步进入全面小康社会的目标。在新的历史条件下，伴随着"四大战略"的实施，作为沿黄经济区的重要组成部分，中卫正以全新的视野，重新考量城市的自身优势、竞争环境、发展趋势等动态变化，以"宜居、休闲、生态美"为目标，着力打造"沙漠水城、花儿杞乡、休闲中卫"的城市形象品牌。

一、"沙漠水城"是地缘特色的真实写照

中卫襟河依沙、山川共济，大漠、绿洲、黄河、高山、平原和谐共存，具有独一无二的特色城市禀赋和垄断性旅游资源，先后被授予"全民健身20大景观""中国特色魅力城市200强"等称号。"沙漠"是中卫最强烈的形象元素。中卫两面临沙，暴虐而温情的腾格里沙漠一望无

际，各类大小湖泊198处，而其精华部分沙坡头，以其卓越的治沙成果享誉国内外，是中卫走向世界的一张响亮名片，被联合国授予"全球环保500佳"称号，跻身于"中国十大最好玩的地方""中国最美丽的五大沙漠"之一。"水"是中卫最为可贵的地缘要素。黄河是中华文明的象征，"母亲河"一路奔腾急湍而下，到中卫冲出峡谷，依山傍沙、平缓流淌，客观而生动地塑造了"大漠孤烟、长河落日"的壮丽景观。中卫滨河而建，依水而居，因水而秀。水系面积近三万亩，借助丰富的沙漠优质渗水，实现了城市水系四季流淌、晶莹剔透和水面饱满，让城市充满了灵动和活力。更为重要的是，沙漠紧邻城市（八公里），并没有成为城市的枷锁，而是成为了城市色彩浓重的景观。"沙漠"与"水"这一感观上对立而难于统一的事物，在中卫与"城市"亲密无间、和谐共存，形成中卫有别于中国乃至世界其他城市最大的特色。沙漠水城，使人们仿佛看到沙漠之中、流水潺潺、绿树掩映、高楼林立，给人以强烈的感观冲击，留下难忘的印象。

二、"花儿杞乡"是文化经济要素的高度凝结

中卫是少数民族地区，农耕文化积淀深厚，重教兴学之风甚浓，自1439年建庙立学至今，中卫在文化教育上取得了多项成就，令全区瞩目。海原的"干花儿"是西部四大流派之一宁夏花儿的代表，被民间音乐研究专家刘同生惊呼为"花儿的故乡"。海原花儿有着广泛的群众基础和鲜明的特色，是中卫文化的一枝奇葩。把"花儿"融入城市定位，体现了独具魅力的区域文化。枸杞是中卫原生态特色农业的一张响亮名片。早在1961年，国务院就确定中宁县为中国枸杞生产基地县。1995年、2000年被国务院分别命名为"中国枸杞之乡""中国特产之乡"。枸杞既能够代表中卫特产，又能够反映特色农业的经济特点。"花儿杞

乡"给人以无限想象的空间，充满了浓郁的民族风情和浪漫的文化气息。红果盈枝、口弦声声、花儿悠扬、曲韵流动，独特文化和特色产业是城市体系各成分、各要素之间稳定、持久而永动的张力与吸附力。

三、"休闲中卫"是城市发展目标的科学诠释

"卫城"军屯和移民文化是形成中卫市民休闲生活特点的历史根源，特别是春、夏、秋三季，茶余饭后中卫市民纷纷走出家门，到广场、公园、茶楼、沙滩、浴场，像赶庙会似的到稍显热闹的地方散步、聊天，参与各种娱乐活动，这是军屯文化的遗风，也是移民文化的特征……中卫依山傍水、邻水偎沙、钟灵毓秀、物产丰饶，丰富的旅游资源，四季分明的大陆性季风气候，非常适宜休闲观光。中卫地处祖国版图的中轴线上，可谓不东不西；海拔1200米，适宜人类居住，可谓不高不低；夏不酷热、冬不严寒，可谓不冷不热；空气湿度也不大不小。近年来，通过不懈努力，城市绿地面积达到1400万平方米，餐饮、商贸、娱乐设施得到极大改善。黄河湿地资源保护开发项目，被联合国人居署评为"迪拜国际改善人居环境最佳范例奖"，景观水系改造建设项目被住房和城乡建设部评为"中国人居环境范例奖"，特别是随着黄河沙坡头大峡谷疏浚工程、千年党项村修复改造、"五馆一中心"的投入使用，沙坡头水镇、秀水岛旅游度假酒店和"大河之舞"主题文化公园等一批旅游文化设施的建设，将极大地提升城市的服务功能和承载能力。可以想见，未来的中卫，将是环境优美、物候宜人的中卫，也是生活舒适便捷、人文资源丰富的中卫，更是现代、时尚、文明和惬意的中卫。"宜居、休闲、生态美"将成为城市最大的亮点。"休闲中卫"既是中卫城市市民生活习惯的描述，也是城市建设的大原则和城市发展的总目标。

城市化质量决定着未来经济发展的高度，城市定位影响着城市发展

的方向与质量。"沙漠水城、花儿杞乡、休闲中卫"是新形势下城市发展的坐标，也是对结构定位、功能定位、形象定位、发展道路定位和发展目标定位等方面最全面的概括，体现了中卫与其他城市的本质区别，创设了个性化的城市形象。尽管客观定位与目标实现之间尚有很大差距，但只要我们把"城市让生活更美好"作为城市化的最高境界，以城市"六创"为抓手，高水平规划建设经营管理城市，着力提升城市的价值度、聚集性和辐射力，中卫就一定能在城市化过程中，真正获得未来发展的新优势。

让新的城市定位唤醒全域人的潜意识，让新的城市定位平添中卫人的豪情壮志，让中卫市成为齐名并有别于沙漠赌城拉斯维加斯、沙漠奇迹之城迪拜的世界重要知名城市，并使其为建设和谐富裕新中卫与全区、全国同步进入全面小康社会而聚力发力！

沙坡头大漠黄河落日景观

浅谈求真务实

前段时间，学习了"在全党大力弘扬求真务实精神，大兴求真务实之风"的相关文章，感触颇深，深及灵魂。主要感悟有三点：一是中央对社会政治、经济、生活中不求真务实的危害分析精辟，丝丝相扣，入木三分，触及灵魂；二是对社会各层面及党的各级组织中不求真务实的现状洞悉深入，体察全面，描述贴切，如实再现；三是对全党上下为何要求真务实，引证充分，论述透彻，谆谆教诲，很让人受益。

我是从农村走出来的干部子弟，小时候家境十分窘迫，在那广阔的天地里与农民朋友们战天斗地，无论是帮大人干活，还是与小伙伴挑猪菜、拾柴火及到后来读中小学时的半读半耕，肩挑背扛的艰苦岁月，都磨炼了意志和品质，培养和促成了求真务实人格的形成。

纵观当今世界，综合国力是不能虚假的，科技进步和经济基础是不能虚假的，人民生活的真实水平是不能虚假的，社会各阶层人口的公德水平和道德规范是不能虚假的，人民享有的民主自由和现代化建设成果是不能虚假的。因此，在中国共产党的领导下，我们各级党的组织必须下大决心，下大气力，向虚假开战，在广泛的社会各层面，倡导"弘扬求真务实精神，大兴求真务实之风"。

虚假的危害是数不胜数的，从经济上来说，企业会计账目的虚假可以造成税收的大量流失，票据的虚假可能导致经济秩序的混乱；统计数据的虚假，可以导致政府宏观经济决策的失误；文凭、证件的虚假可以造成千千万万个无真才实学的庸才和混混；干部政绩的虚假，可以助长社会风气的假、大、空，甚至影响民心向背；项目工程建设的虚假，会造成国家资产的浪费，甚至危及人的生命安全。这些还仅仅是物质方面的危害和损失，至于由虚假之风引起的社会诚信和社会风气的变异以及民族综合素质的下降那就更加危害无穷了。

　　我们应该大力倡导求真务实的作风，特别是在党的领导下，在民族复兴的伟大进程中，我们各级组织机构，社会中的每个成员，都不应抛弃崇高的道德准则而远离真善美。离开了真善美，靠虚假即使获取再多，又有什么意义?! 离开了"真"就是背离了宇宙的物质属性，离开了"实"就是失去立足社会的根本。对广大党员干部来讲，既然党是以"三个代表"为理论的政党，既然我们是在位的执政党，我们就应该力刹党的各级组织和干部的虚假之风，引导和倡行奋发进取的务实精神。要用行政的、法律的、社会伦理的多种手段，力戒形式主义，力戒假大空，以此纯洁党的肌体，进而教化民风，努力在全社会形成求真务实的良好风气。

浅议"宽容"

在阅读应理市政公司报纸时,有篇耐人寻味的短文《宽容是一种无声的教育》,作者宋学梅。出于教育的情结,大凡看到受益颇深的文章都会格外留意。虽不知作者为人与处世,但就李文华老总审定此稿而言,自认为有着许多的共鸣。

文章有一则说明宽容的经典故事:

有位禅师,一日晚上在禅院里散步,突然看见墙角边有一把椅子,一看便知,定是有位出家人违反寺规,越墙出去溜达了。老禅师也不声张,走到墙边,移开椅子,就地而蹲。少顷,果真有一小和尚翻墙,黑暗中踩着老禅师的脊背跳进了院子。当他双脚着地时,才发现刚才踏的不是椅子,而是自己的师父。

小和尚顿时惊慌失措,张口结舌。但出乎小和尚意料的是师父并没有厉声责备他,只是以平静的语调说:"夜深天凉,快去多穿一件衣服。"

民国初年,蔡元培任北大校长。他在学术上采取兼容并包的政策,在北大任教的,既有持激进革命思想者如李大钊,又有最保守的遗老辜鸿铭,还有温和的改良派如胡适。正是这种海纳百川的宽容精神,才能百花齐放、百舸争流，才造就了北大思想和学术上的繁荣，并促进了新文化运动的产生。

美国空军著名的战斗机试飞员鲍伯·胡佛技术高超。有一次，他在执行命令时，飞机的两个引擎突然同时失灵，发生故障。他临危不惧，奇迹般地把飞机迫降在机场上。后调查问题出在加油上，负责加油的机械师吓得面如土色，见了胡佛便痛悔不已。因为他一时的疏忽可能会造成飞机失事和三个人的死亡。胡佛并没对他大发雷霆，而是抱了抱那位内疚的机械师，真诚地对他说："为了证明你能干得好，我想请你明天帮我做飞机的维修工作。"非但没有责怪机械师，反而安慰他，这需要多大的气量！

如果一个人踩烂了紫罗兰，紫罗兰却把香汁留在他的鞋底上，这就是宽容。

这是宽容吗？这是狭隘的"宽容"。

在生活和工作中，常常会是这样的现状：批评会让人不服，漫骂会让人厌恶，羞辱会让人恼火，威胁会让人愤怒，唯有宽容会让人无法躲避，无法退却，无法阻挡，无法逆反。宽容是一种智慧和力量。宽容了别人就等于宽容了自己，宽容的同时，也创造了情操的美丽。

哲学地看，宽容是深藏于心底的体谅，宽容是智者的力量，宽容是点亮他人智慧的明灯。

宽容是一种风度，更是一种特有的涵养。具有宽容美德的人，更能赢得别人的尊重和敬仰。

蔺相如宽容忍让了廉颇的傲慢无礼，最终赢得了廉颇的尊重，负荆请罪，留下了"将相和"的千古美谈，使赵国虽小而无人敢犯；周总理以其容纳天地的博大胸怀，在外交上奉行求同存异、和平共处的方针，造就了他伟大的人格，树立了中华民族的大国风范。

宽容不能对牛弹琴。"送人玫瑰手留余香"。但倘若你的玫瑰是带刺的，刺破了留有余香的手，事情又会怎么样？

有位伟人曾赞赏洛阳白马寺的一副联句："天雨虽宽不润无根之草，佛法虽广不度无缘之人。"

宽容是一种仁爱的光芒，是对别人的释怀，也是对自己的善待，一个人的胸怀能容得下多少人，就能够赢得多少人的尊重。

娇弱的小草感激大树，因为大树替它遮风挡雨；美丽的鲜花感激大地，因为大地哺育出它的芳香；涓涓细流感激大海，因为大海用宽广容纳它。

学会宽容吧！心胸宽广才能有更多的朋友，才能获得更多的支持和帮助。前进的道路才能更广阔、更平坦。

中卫市香山湖水车

家乡拾忆

哀　思

姑妈走完了她勤劳而苦难的一生，于前天安葬在单梁山南边一个侧身向着太阳升起之方的小山坡上。这里四周空旷，满眼尽是雪的世界。本来是三九天，又下了三寸大雪，冷得送行的人们难以伸手……

大雪天戴孝，风号地泣声。下葬这天，北风呼啸，大雪覆白山川，满眼缟素。送行的人们在凛冽的寒风中艰难行走，孩子们时常滑倒，小脸冻得通红。

听父亲说，姑妈十七岁嫁到冯家，姑父大她六岁，谈不上幸福与不幸福。那时的女子，大多听父母之命、媒妁之言，自己没有爱与不爱的选择，茫茫然地就匆匆出嫁了。听说，因婆家冯氏家道中落，连桌酒席也未曾摆。

姑姑一生中养育了七个子女，含辛茹苦六十多年，给六个儿子娶媳妇、盖新房，在经济极度贫困的年代，苦苦支撑家庭生计，尽量节俭每次过大事的费用，那是多么窘迫的岁月啊！

还记得北湖家族中，但凡有婚丧嫁娶之事，姑姑总是干在人前，歇在人后，再苦再累，从不言声。平时稍有空闲，手里总忙着一件事——纳鞋底，大人的、小孩的、长辈们的，从冬到夏，从春到秋，那些纳不完的鞋底啊，扯不尽的麻绳，都成了别人脚下的鞋，而姑姑的年华，却一天天消失，心血，一点点熬干。此外，还有更多生活的琐事，比如，侄男阁女的婚事，奶奶晚年的侍奉，样样记挂在心上，并尽力操持。

还记得我与弟弟妹妹上中学时，每遇雨雪天，姑姑必定等候在桥头，接我们过去暖身吃饭。姑姑的至亲至爱，不是亲娘而胜似娘亲，至今令人难以忘怀，思之欲泪。

至于对姑姑的回报，说来惭愧，仅在姑姑家盖房子、给表兄弟娶媳妇时，几位叔叔才亲临帮助和操持，平时，世事艰难，各忙生计，少有帮衬。父亲是时常去看望姑姑的，在姑姑临近去世这些年，父亲去的更勤些。至于我及同辈的兄弟姐妹，虽时常也有微薄的孝心，但比起姑姑对我们的关爱，不及万一。现在想想，正应了那句老话，子欲孝而亲不在啊，真真是后悔莫及！

姑姑走得太快，好好一个人，说走就走了。临走前几天，只说是身上不爽，谁也没当回事，以为和从前一样，扛扛就好了，不承想几天后就离去了。也许但凡心性要强的人，大都亏欠身体太多，透支健康太多，一旦感觉身体不适，各个脏器便一股脑的来"讨债"，直到油尽灯干，回光一照，就安然辞世了。

细想姑姑的一生，奉献的多，牵挂的多，唯恐这不妥当，那不妥帖，为别人想得多，为自己想得少，在我眼里，姑姑的贤淑与勤劳，位列历代女性古贤也不为过。

姑姑太能操持，那些不为人知的辛酸与凄苦，恐怕只有苍天可鉴！真不知那些家庭大事是如何安排的？六次娶儿媳、七次盖子宅的一应所需；油盐酱醋茶，米面锅灶柴，样样是姑姑筹划操持的。姑姑虽有一双受过摧残的小脚，但却坚实地走过了那些坎坷的路。

姑姑总是为别人着想……令人难以想象的是，生前就已安排好了身后之事，走了也不连累子女，所需安葬费用都是自己积攒下的，甚至姑父的后事您也安排好了，这是多么深远的谋划，又是多么精心的运筹！

要知道姑姑您是大字不识一个且年近耄耋的老人啊！

姑姑的后事办得尚可，农村一般家庭丧葬之礼数齐备：金斗银库（纸做）、金童玉女（假人）、魂幡仙鹤、香表纸钱一应俱全。上路这天，大小车共七辆，孝男女近百人。所谓好人有好报，姑姑的坟地风水极佳，宽阔平缓，向阳静谧，距道路、人烟很远。坟茔前，我与表兄弟及侄孙们合力安放了一个大石桌，以备日后为姑姑供奉祭品，再就是坟茔院墙也砌得很结实……

一切就绪，葬礼已毕，我心里涌起阵阵悲情……姑姑，您知道吗？天通人情，风萧悲悯。您凭小人物的功德，感天动地，老天专门为您下了三天的大雪；娘家亲人们和冯氏满门知道您的恩德，全都送您来了，您生前没有的排场和荣耀，在您离去后都毕备了……

现在您躺在冰冷的地宫中，当我们离开您永远的家园时，感觉您的确修成了，的确苦孽脱了，的确彻底逍遥了！我将铭记您的恩德，怀念您的慈爱，愿您的牵挂从此不再，愿您的灵魂升入天堂！

古语道："善终即是福"。只有真正活过的人，才可能幸福地离去。令人常常思念的、慈祥善良的、笑迎生活百难的姑姑，安息吧……

于辛巳年腊月初九

工业上山的背后

2007年8月,市政府决定在北沙窝建设中卫工业园区,发布了迁坟公告。公告发布后,引起群情激愤,抵触声随处可闻。从葡萄堆塘到市区至首府银川,到处都在埋怨、谩骂、讥讽,更有甚者围攻政府及民政部门,可谓怨声载道,似乎政府与民众过不去,毁人风水,让万千灵魂不得安宁。

在中卫,人们历来相信先人的阴宅与后世子孙的平安兴旺密切相关,轻易不敢动土。

我家历代先祖遗骨几经迁埋,全部安葬在三道梁槽北侧磨扇子塘西南沿,堂弟刘自成看到电视公告后,急忙进城告诉父亲。父亲依据公告再三琢磨分析,认为这次迁坟重点在小湖北塪至单梁山马鞍桥梁以西地段,我家祖坟不在此范围。并委托刘自成、刘林桦兄弟俩实地查看。哥俩跑了大半天,一如父亲所说,不在迁移范围。各位叔伯兄弟如释重负,大有逃过一劫之感。然,父亲却乐不起来,忧虑道:照这样子发展下去,十年二十年后也许还要迁。

时光荏苒,谁知仅三年多,市上提出了"旅游优先发展、城市化带动、外煤进宁、扶贫攻坚"四大战略,决定北沙窝工业园区东扩四十平方公里,在此范围内所有坟墓都要于2011年9月24日以前迁出。经实地踏勘,C5路从我家祖坟北边穿过,共三个阙十座坟,十四具先祖骸骨均要迁移。

是年8月，家族商讨迁坟事宜，情绪不再像三年前那样激越。因为此前已有二十多万座坟茔迁出工业园区，六十多家企业入驻。现实说明，迁坟已势不可挡。

据家谱记载，刘氏家族已故去七代先祖前辈，传承至今，依序，现时父亲为长，因此，父亲聚齐四位叔叔，共议迁坟大事。细数刘氏一门近支后人，长辈八人，子侄辈十一人，迫于形势，多数人虽同意迁坟，但想法不尽相同，原因是费用太高。

回头又去公墓区了解情况，得知，全部迁入普通区花费约四万元，中等区十多万元。几日后，几个能拿事的长辈再次商议，细细计较，从买公墓、人工费用等一应所需做了仔细估算，于9月18日，聚家族老少共商迁坟具体事宜。

家族会上，各抒己见，大部分人力主迁到公墓区。有人回忆说：早在1958年灌区大迁坟中，虽经济拮据、口粮紧缺、人力匮乏，当时的父辈们尚能将川区水地的五六座坟墓迁到北沙窝三道梁槽以北，何况现在？家族人丁兴旺，经济上、人力上都和当年不能同日而语。若将先人的骨骸迁到一处，也利于后辈儿孙上坟祭祀方便，并能知晓亲族辈分关系，不要越迁越远且过分散，不仅祭祀不便，而且易使后辈亲缘关系疏远。部分家庭因费用负担，献策说：可向北迁至炭山背后，或再往东到照壁山、麦垛山区域找地方重新起阙，既迁了坟，又简单节省。还有人说：挖出火化，骨灰撒到黄河里，干净利落，不给后人添累赘。

经过一番激烈的争论，最后决定：一是全部迁移。所有坟茔一律迁出，重新安葬于双龙岗公墓。二是坟迁两处。辈分远的迁入一般墓区，辈分较近迁入较好的墓区。三是费用分摊。八家长辈各出四千元，其余费用子侄辈分摊。购普通墓两座，五千元，中等墓四座，五万元，阴阳、人工等费用一万一千余元,其他费用一千元。四是五世孙刘锡鼎门全体参与。约定于2011年9月24日凌晨3点,在老坟集中。

2011年9月24日凌晨3时破土动工,赶在日出前,十座坟、十四具骸骨全部出土。7时,运送至双龙岗公墓区下葬,12时全部掩埋整理完毕。供奉鲜花、水果,点燃香烛,举行祭祖仪式,父亲安排我的四位堂兄弟刘自宏、刘自泉、刘林彬、刘林军先鸣炮,告慰先灵,又逐坟介绍了先辈功德及合葬情况。

看着父亲安详恬静、如释重负的样子,我想到了过去堂叔兄弟(妯娌)们你是我非、亲仇不快的场面,也勾起了爷父们合家上坟、酒来烟去、亲情融融的愉悦……亲情的力量是巨大的,父亲在我心中原本慈祥、淳厚的形象,此刻更加清晰。

此次迁坟总支出约六万八千元,除各家公摊四万七千元和民政局十座坟补助四千元外,尚缺约一万七千元,父亲是族内长者,又是主事人,一笑承担了缺额余款。

中卫这些年前后多次大迁坟,从北沙窝到香山脚下,牵连到十数万家。当世者辛苦积攒的钱花在了本不该花而又必须花费的事项上,共同成就了一个"工业上山"的梦想,客观上"多占一亩荒山,就会少占一亩良田",这一载入史册的永恒之功,拯救了子孙后辈的绵绵福祉。

逝者仿佛像一座无形的道德标杆,他们既不可能有怨气,亦无可能改变当事者的言行,特别是那些无子嗣的先辈们的尸骨也得到了迁埋。其实我当初因费用过多也持不迁的态度,但父亲和叔父及兄弟们还是执意都迁,这一良心的逾越,使我深感家族在父亲的率领下,集体硬朗的心灵上终于呈现出"敬畏、慈悲、感恩与宽容"的品质了,真的是难能可贵……

逝者已矣,生者可追。只要先祖们不觉得委屈与生疏,当世者不觉得愧疚与迷茫，那就让阴阳相合的祈愿，在土地享用的和谐中，共同铸就后世者的绵绵福祉！

中卫旅游新镇——柱石

北湖记事之一

放牲口

北湖老家是我大半生入梦最多的地方。每次回去，总有陈在心头的感念，目睹半个世纪来的沧桑巨变，过去的人与事大都浮现脑海，久久不能忘怀。随着自己老去的时日，不知是因偏远，还是由于人口迁徙，或因城乡发展的割裂，故乡在我眼里都日渐衰败。

放牲口是儿时生产队最有趣的劳动。那时因年龄太小，干不了强体力技术性农活，帮着生产队喂养牲口，便成了我与同龄孩子的定向活计。饲养员按我们的年龄、个头，分别把各类牲口量身发包，逐一明确到我们这帮娃娃的头上。一般从放驴开始，再到放牛、放马，年龄也从7~8岁到13~14岁，工分挣到一分五至四分五。放牲口有两种情况：半天放和假期全天放。20世纪六七十年代，工学结合，学校大半天上课，少半天劳动，平时大约下午两点钟放学，即跑回家放书包、吃饭，之后到喂养组拉牲口或干农活；节假日期间则全天放牲口或参加其他劳动。

放驴最容易。几个小孩，赶上一群驴，到北湖的荒滩地上，或沙沟老岸边，抑或沙漠冰草沟。驴嘴如铲，多短的草都能啃住，因此什么地方都能放。记得雨天把驴群赶到沙窝里，可以揪沙葱、滚沙坡、跳沙坑，那是最开心的。

放羊是少有且煎熬与闲散的差事。放羊有三个岗位，分别叫看圈、把式和梢子。我是假期临时干，十二三岁，就是协助把式放羊的梢子。在大部分时间里，羊由我一人赶放，常常在寂寞孤单，甚至是百无聊赖中跟着羊群闲逛一天，那太阳啊，就是不日中、日夕。如果是春季羊生崽，要把临产的母羊和跟不上群的羊羔分开并留在圈里，也是件颇费心力的事。每当井台饮羊、清点羊只入圈、吃过晚饭，我们三个放羊人的夜生活便开始了。主要活动是抹（mā）花花子，土话叫"砍牛腿"。等级森严的三个人，此刻便没了尊卑，常常为了一两分钱的赌注，大声吆喝，快乐于形；一毛多钱的最终输赢，通宵达旦，愁苦于心。

相比于放羊，放牛是单拉，一个娃娃一头牛，小孩子们可聚可散。牛老实，但不能骑，我们有时把牛角绳盘在牛角上，三五个一伙，摸鱼、揪蒲黄、偷韭菜。在生活贫瘠的儿时，吃上糊着泥巴的烧鱼，嚼着满嘴的蒲黄和用碱沟水煮食的韭菜，那是至今回味的最美味的吃食。牛有时也欺生，倔强地哞着声拧着头，脖力巨大，怎么也拉不动，每当这时倍感恼怒与好笑。

在放牲口的诸类事务中，放马是高级层面和自由洒脱的。十四五岁的小伙子，每人两匹马，从分马到验马是否吃饱，可否入圈均受饲养员管理。马肚子的浅窝是否鼓起是饲养员检验马是否吃饱的重要标准，如果没有鼓起，马便是还没有吃饱。饲养员就吆喝着："还没吃饱，再放去。"眼看太阳下山，蚊子疯狂，无奈中有时也投机取巧，让马儿先吃会草，之后再多喝点水，浅窝就鼓起来了。

放马的机动性强，可以骑着马与小伙伴们到沙沟边、水草丰茂的稻田深沟里溜渠沟，躺在马背上拍打蚊蝇，看着蓝天白云，也是极享受的。娱乐性也强，在不受生产队长监督的空旷地方，几个孩子可以比赛飞马。有骑马技术好的，甚至佝腰站着或蹲在马背上跑；有时也约上周边冯桥、张湾的一群孩子"跳楼"。支楼是个不受欢迎的角色，往往是由个头矮的孩子先当,个子高的来跳,直到跳不过或者将"楼"碰倒才由先碰倒者替换。楼会不断地增高,最低的"楼"是卧跪在地上,其次是双手握住脚踝拱起腰身,第三层是手拄膝盖,这已经是较难跳过的一层了,如果还能跳过,那"楼"就会增加到最高一层,便是夹紧双臂,仅将头微微低下,相当于一人高了。待青稞、大麦抑或是稻子泛黄初熟时,除掉稻、麦芒,磕出稻麦籽充饥。每当深秋时节,青豆、土豆成熟了,我们也会偷着拔些青豆,刨些土豆,找个僻静的地方,点柴火烧青豆和土豆填肚子。最惬意的就是雨天,趴在马背上依靠马的温度取暖。有时候也乐极生悲,骑马不小心或技术不好从马背掉下;跳楼摔倒,膝盖胳膊磕青紫甚至破皮流血都是常有的事。有时青豆、土豆快熟时,生产队长突然出现,大家立刻骑着马四处逃开,青豆、土豆便归队长所有。

  放马还有很多无聊的趣事,耍蚊子便是其中之一。待蚊子将嘴深深扎入裸露的皮肤中开始吸血时,用指尖掐住皮肤表层,夹住蚊子的嘴,

中卫市沙坡头区——马场湖

迫使其苦苦挣扎，或等蚊子吃饱时，驱赶蚊子，迫使蚊子不停地飞，直至力竭，以此验证蚊子吸饱了人血后便命不久矣的传言。除了耍蚊子，还逗牛虻。轻轻拍晕落在身上企图叮咬我们的牛虻，待转醒后扯掉它翅膀下的小白点，或者将牛虻翅膀尖部掐去，牛虻便不会飞了。有时候也欺负蜻蜓，小时候叫蜻蜓是"精沟子刘四"，是最好抓的了。七八月份，有花有草的地方便有成群结队的蜻蜓。只要出手快，都能抓到。将抓到的蜻蜓的尾巴轻轻扯掉，看蜻蜓头重脚轻地飞。有时也将蜻蜓翅膀全部掐掉，看它在地上不停地翻滚扎跟头，也全然不顾蜻蜓是不是益虫。

  光阴如梭，放牲口的时光尽管过去近半个世纪了，可那一幕幕活生生的经历至今仍让人难以忘怀。比起今天的孩子，我们童年的生活是那么得单调和乏味，又是那么得愚顽和纯情，而陶醉在大自然中的格物竟是那么得惬意和舒阔，冒险中的砺练又是那么得真实和富于天性。

北湖记事之二

打　场

　　打场就是将谷物连同秸秆收割晾晒打捆之后，用人力背转或畜力拉运至场上堆放，农事繁忙季节稍过，再集中一段时间，用脱粒机将谷物的颗粒与秸秆柴草进行分离的过程。

　　"场"，本义为平坦的空地，多用来翻晒粮食，碾轧谷物。在过去，每个村都有一处四五亩地大小，用于堆放粮食、脱粒、晾晒和给农户分粮的谷物场，简称"场"。场大多是麦收时节临时碾好的，选择早熟的麦地，先行收割，之后经过碾压，拔除麦根，再浇水、撒糠和多次碾压形成一片硬实、平整、干净的硬土地面，供打、晒粮食所用。等粮食入仓，柴草苇子入圈，它们又会被灌上冬水，便于来年耕种。因为"场"通常设在靠近村庄，临着田野居中的地方，通风、透气、凉爽，舍远求近，因此，在天气晴朗的夏夜，"场"就会成为人们纳凉休息、聊天欢聚之地，偶尔孩子们也会在山丘一样的稻麦垛之间玩捉迷藏的游戏。

　　打场对于当时尚处于少时的我来说，是农活中极具挑战性、场面最为激烈火爆、需要高度协调统一的农活。每年大概7月中旬打麦子，10月初又开始打稻子。虽然苦累，但因挣的工分比较多。那时小孩子，平时干一天农活，最多才能挣4.5个工分。而打场一班子四到五个小时就能挣到五分，且这种高强度的劳动，能充分感受到对人体力的极限挑战，繁忙而紧张、热闹而有趣，所以我们都喜欢争抢着干这项农活。

通常打场一个班子大概会有十来个人。其中，组长一人，负责整体的协调和管理。在某些环节（岗位）跟不上总体节奏的情形下也需帮忙排除，如果粮食脱粒不干净，所谓粮食打"生"了，他要安排进行二次脱粒。同时，还有入机子的两个人，递机子的两个人，抖草的三个人，如果粮食比较潮湿，籽粒包裹在草里，抖草就需要四个人，耙草的一个人，捆草的三人，提草的两三个娃娃。所谓耙草，就是将脱粒之后的秸秆和柴草用耙子耙成堆，然后由捆草和提草的人捆扎并提放到场上的空闲地带进行堆放。因为耙草、入机子、递机子等岗位对体力和耐力的要求比较高，一般都是由青壮年劳力担任。我大多从事提草、捆草的岗位，上高中后也干过抖草的工作。

这些岗位中，入机子是最苦最累的。站在长方形铁堆滚筒式脱粒机上，将少半捆的谷物不断地头向下塞入机子，高速旋转中滚筒挤压时浓烈的烟尘喷向入机子人的脸庞，兼有巨大的吸力，入机子的人时刻要提防着双手不能与谷物一起被拉入机子，造成终身残疾。入机子的人汗水浸透衣服，稻麦芒刺弥漫全身，伴随着机子剧烈的震颤与轰鸣，呼吸着浓烈的烟尘与灰土。如此战争般的场面，几个小时下来，头晕目眩、心竭腿颤，脸像背炭的煤黑子，眼鼻毛处挂满尘须，头发更是尘灰密布，像毛毡一般。倘若月明星稀，清风徐来，那可是打场最好的天气。

之所以说最苦、最累，是因为一个班子十来个人必须在规定时间之内，也就是半天或者半夜打完一堆粮食，而一堆粮食大概会有八到十亩的庄稼。我们常常从晚上8点钟打到凌晨1点钟休息，下一班再从凌晨2点钟打到天亮。在长达五小时的强体力劳动中，除了入机子的两个人可以喝水、轮换休息之外，其他岗位始终处于大汗淋漓的高强度体力劳动之中。只有滚筒式铁堆子脱粒机底盘下粮食盛满，柴草出口不利时，入机子的岗位便快速耙谷粒。这时，各岗位才可以歇息片刻。说其场面激烈与高度协调，则是因为在这种高强度体力劳动的过程之中，每个岗位、每个环节，甚至每个人的劳动工具都不能出一点差错。一旦某个人或某个环节出现混乱或者停顿，就会延误时间，影响班次任务的完成。一般关系较好的几个小伙伴会选择同一岗位，那些手脚麻利、身体条件相对较好的伙伴都会有意识地多承担一些工作，彼此互相帮助，而不会计较。因此，打场也是最能看出人缘情态的劳动。

除了劳作的辛苦之外，打场也是少时的我最为期盼和最充满情趣的农活了。每次打完场后，母亲总是会为我准备一碗米饭并炒土豆丝作为加班饭，悄悄放在家中的方桌上，在那个缺油无肉顿顿都吃不饱的年代，打完场回家再吃点什么，真可以说是最为幸福的事情了。再就是几个小朋友跟着大小伙子，组织一些伙伴间的神秘活动，往往一个眼神、一个动作，彼此就心领神会。要说那时候最频繁的活动大概就是偷瓜菜了，凌晨两三点钟，趁着夜幕，到新北火场或沈桥、冯桥一带生产队的瓜地里，去偷西瓜或时令鲜蔬，即使现在想来仍能体味到当时的那种紧张与兴奋。另外就是在提草的时候，有意识地用稻、麦草砌出一个隐秘的草洞，用于偷空玩耍和躲藏。因为较为隐秘，只有提草的几个小伙伴知道，自然而然地就成为了我们当时的秘密通道，既可以避免蚊虫的侵扰，又可以在惹恼了大小伙子或婆娘们后被追逃时用来躲藏。

回想当年打场的劳动场景，至今还引人畅想……在那个目标虚妄与理想执着、个性泯灭与集约膨胀、绝对低效能与政治狂热的年代，竟然有这么一种高效率的劳动组织形式。它与那个民谣"集体的活，慢慢磨，干得多了划不着；拄锹把，谝闲话……屙屎尿尿三点钟，提起裤子就收工"的劳动现状形成了鲜明的对照。

北湖记事之三

烧　窑

　　北湖位于中卫城北约八公里处，湖泊遍布。春来陌秀残寓，湿地渐融，飞鸿环绕；夏至芦草遍野，蒲黄芬芳，沼泽鱼涌；秋日苇花银簇，稻浪锦织，漠静天阔；冬天碱滩冰湖，苍茫混沌，萧瑟凝重。有常家湖、沈家湖、韩家湖、洼湖等，北边离庄子不远隔沙沟便是腾格里沙漠和边墙（长城），由此可知，北湖应是中卫北沙漠边碱湖之地。相传明代洪武时期，大将常遇春蒙难后，其子亲发配至此，长期居住着常、沈、陈、刘四大姓氏，一千余口，曾与美利同村。

　　在我的记忆中，小时候的生活常与盐碱沟、芦苇滩、沙漠湖泊等交织在一起。北湖地处腾格里沙漠边缘，黄胶泥、白浆土透水性差，大水漫灌使土壤中大量可溶性盐分进入地下，最终聚集到低洼平坦的地域，致使地下水位迅速升高，蒸发使盐分聚在土壤表面，导致土地盐碱化加重，在一块块平整的田地之间出现了北湖人常说的"冬天白茫茫，春天水汪汪，夏天苗发黄，秋天不见粮"的荒芜土地。

　　为根治"土地癌症"，北湖人想出了许多改造盐碱地的良方，如挖沟排碱、拉沙压碱、高温堆粪、稻田青肥等。

　　挖沟排碱就是对地势低洼的盐碱地段，通过挖排水沟排出水使土壤脱盐，达到改良盐碱地的目的。干农活有四累之说：挖沟、脱坯、割麦子、上房泥，这挖沟是四累之中最累的活儿，尤其是遇上白浆泥加杂芦草根，那就更难挖了。

拉沙压碱就是在三九寒冬，趁北沙沟结冰之际，将腾格里沙漠的黄沙，用人力车拉到盐碱严重的地里摊开覆盖，以达到抑盐压碱、增加土壤透气性和提高地力的目的。

高温堆粪是生产农家肥料、改良盐碱地的重要方式。就是将人粪尿、禽畜粪尿和植物秸秆等堆积起来，让细菌和真菌等大量繁殖，使有机物分解、释放出能量，形成高温，使其快速发酵，数月后将发酵物用人力车运到田里，与沙子和土肥混合后，形成改良盐碱地的特效肥料。

稻田青肥就是在四五月份插秧之际，生产队用青肥换工分（我清晰地记得，五斤奶芨芨、七斤苦肚子能换一个工分）的形式动员社员群众在北湖四周寻找改良盐碱地的绿色底肥，如朴柴、苦肚子、嫩柳枝、野蒿和青草等，最好的当属奶芨芨，把这些"底肥"用铡刀全部铡成三五寸长的小截，沤在稻田水中，使其腐烂发酵变为有机肥料，以便达到改良盐碱地的目的。

北湖人在改良盐碱地的进程中发明了许多办法，但最令人记忆深刻的当属黄土搬家法——"烧窑"。具体劳动工序是挖基子—垒窑—烧窑—打窑—拉窑。

挖基子选择秋天稻子收割之后，用牲畜拉小石碌子在地势较高的田里碾压数次，牲畜到不了的地方，人力就用自制"砸锤"挨次敲砸一遍。这样，通过人畜合力让田地快速结块，然后用方头铁锹切成长约25厘米、宽约18厘米、高约20厘米的基子（土块），就地一块一块松散地垒成两层行，以便垒窑所用。

垒窑，就是在挖基子的盐碱地的中间地带，将土地平整后作为窑地基，找准迎风面，定好窑门后，就开始一层一层地垒窑。先用基子砌成直行，垒成约四个基子高的窑洞之后，再用一层对头机子封住窑洞，上边再垒三层高的整体，这样，就形成了一个高约一米六的土窑。垒窑可不是一件容易的事，窑的外观是洞形的，且不用泥巴，就是干垒。越是到顶层越容易塌陷，所以每垒完一层都要小心翼翼，稍有碰撞或受力不均，就会倒塌，使之前功尽弃。

垒好土窑后，外层用泥巴稍加封堵，就可以烧窑了。把灌木条、各种谷物的秸秆等，放入窑洞中点火烧窑，持续烧两个多小时。点火后霎时烟雾缭绕，烧窑的场面甚为壮观，火苗在基子的缝隙间四窜，烟气冲天，被烟雾笼罩的我们有了类似"腾云驾雾"的乐趣！烧窑时虽大都满面灰垢，但这种劳动有着轻松、游戏的空间，谈笑与打闹中只能看见牙齿是白的，现在想起来可谓是"苦中作乐"！烧窑时下边火焰直接上燃，火烟窜过三四层，这样一直将土窑烧透为止。其标准是：外皮层已有明显热气，开裂的缝隙已被烟熏黑。之后就用准备好的基子将窑的门封堵，再用和好的泥把整个窑封住数天，使基子整体烧焦，让没有任何肥质的基子，通过烧窑使其变成有机肥料改良盐碱地。虽然得到的成效与劳动量远远不成正比，但在当时却真正体现了"人定胜天"的思想。实践证明，这也是改良盐碱地的有效办法，达到了平田整地和土地增肥的双重目的。

打窑，亦是破窑，是将烧窑变为肥料的过程。首先将拐角或中间窑顶的一块基子撤开，再从最顶层一直往窑下拆。壮劳力拆窑，弱男、女人和小伙子用木榔头打碎基子，要求打得越碎越好，不能大过鸡蛋。

我们村也有几个高人，在撩窑时，外加几个人形似的小窑包，或立或跪，且不封眼睛、耳鼻、嘴，烧窑时也一并烧了，使其七窍冒烟，俗称"火烧判官"。打窑时喊着打倒×××、打倒×××……哎，这些"活宝"的佐料也是时代政治风向在生产活动中的艺术再现。

拉窑，就是将打碎的窑土用人力车运送到田地里，通常三人一个手拉车。在我儿时的记忆里，拉窑肥时，手拉车串联起来，从远处看宛如一列走动的"小火车"。由于打碎的基子烟气味特浓，尤其遇到大风天时，那种呛鼻的刺激真不堪忍受。

与烧窑雷同的另一种频繁的形式就是拆炕。因为炕面子经过大半个月烟熏火燎，其改良盐碱地的功效和烧窑打碎基子如出一辙。当时，为配合烧窑尽快改良田地，生产队规定每一家农户必须每半个月折一次土炕。由于炕面子特别实沉，宽长八十厘米，记得那时我与两个年幼的妹妹合力才能抬动一个炕面子。拆炕的过程先将原有的土炕揭去炕面，搬走基子和炕洞里所有烟熏火燎的杂物，再重新砌炕柱，用泥巴粘实，重新搬来炕面子，再用泥巴粘牢，之后用泥巴抹平，用柴草烧干，两三天后即可睡人，如此周而复始。在今天看来有点愚笨，但对我而言，是苦涩与艰辛的磨炼，抑或是汗水与泪水的洗礼。

人，天生具有生存的本能、发展的诉求。最沉重的负担，在砥砺中会造就最顽强的生命力。北湖人那时的故事，都体现着大集体生产队群体人生命的韧性和张力。是生存、突破与寻找发展的期许，在北湖那偏远贫瘠的盐碱地上……劳动的创造、科技的改变与时代的变迁互相映衬、交织着。

北湖记事之四

掏　井

　　我家门前，常家渠边刘家老桥头东侧有口古井，相传距今有三百多年的历史，井虽古老，但井水甘甜，周围刘、韩、樊三姓人家世代饮用，此井也从未枯竭过。

　　小时候，记得我常与桂灵、广灵妹用木桶给家里抬水。两人抬一桶水容易，但从井里往上打水便难了。木桶底厚重浮力大，放到水里总不吃水，要反复摇摆桶绳，使桶口侧边倾倒，才能灌满水，当从井口看着木桶盛满水，潜入井底之际两人再协力提上来。这一过程既要有技巧，又费力气，感觉一桶水好沉好沉。

　　一年中，井水有很大变化。每年春末夏初，常家支渠一来水，古井水位很快就增高，且清澈，但到了秋冬时节，水位便开始下降，倘若几年未掏井，有时早上还是清水，下午就渐渐成了浑汤，这时候，提水的邻里们就不间断地大声吆喊："水吃不成了。"

　　掏井，是清除井中淤积的泥沙杂物，一般两三年一小掏，十年八年一大掏。掏井是大事，一般都有本村辈分高的老人们共同商议决断，选派精壮劳力，择吉日进行。

　　古井周围住着刘、韩、樊三姓几十家一百多口人。每逢掏井，都要奉献些"心意"：或一碗米、面，或几个鸡蛋，抑或油和蔬菜，积少成多。凑起来的东西，足够掏井的人吃上几天白米干饭、揪片子拌面。在我记事的那个年代，这已是极为奢侈的管待了。

刘家是大家族，据考，早在清康熙年间，十代宗祖刘琦，就已定居于此，掏井的事自然不甘落后，何况事关刘氏至亲及邻里的生活。祖上规矩："凡有善举，无论大小，都应尽心竭力……"

本着这一家训，也因二爷刘增祖之妻冯氏奶奶多病，他常思量福薄，便借掏井积德行善。我爷爷刘安祖，清明宽厚，耿直和众，再三劝解，说一家力薄，用度大，恐伤根本。但二爷不肯放弃，说前日龙王爷给他托过梦：隐约有古井的泉眼为龙眼之说，且龙眼已堵多年，此事不可再迟滞，所以龙王才给他托梦。

谁来调度指挥呢？经过爷辈再三商议，二爷推举二叔刘吉禄担此重任。二叔时年二十七岁，正值年轻力壮，又是生产队长，办事公正、干练，且又圆融，担此重任最为合适。

因多种原因，古井十几年没有彻掏，井口护栏年久损毁，井壁部分塌陷，井里泥沙沉积，泉眼几乎全被封堵。

二叔领此重任，自然不敢懈怠。立即挑选刘氏家族的壮劳力，竖木搭架，分组轮番作业，先是将井壁四周挖开，一层层取出井壁砌石，井深挖掘至大约九米，并将井底的淤泥清理干净，直到泉水涌出，再把事先雕凿好出水孔的一个大碾盘平放井底。这样一来，井底不但干净平整，泉眼不易堵塞，而且砌井壁还有了基础，下次掏井时有硬底可循。

砌井壁时，按照古井底大口小的原状，严格将砌护石按照原来顺序逐层码放，大面在外，小面向内，每隔三尺，井壁内两侧依次要突出一石，便于登壁下井。

砌好井壁后，周围拥土夯实，与井口齐平。为使古井保持清洁，还花钱定做了一个石材井口，由一块完整的大石头从中间凿空成为井口，四周凿成圆柱体，罩于井壁收口之上，既美观安全，又结实耐用。

　　历时七天，古井终于掏清修葺一新，用木桶打上一桶清水置于地上，桥头周边百十口，在二爷的带领下，虔敬笃诚地焚香谢过龙王爷后，全村人品尝着新的甘泉水，无不欢欣，赞不绝口。

　　刘氏家族在整个掏井过程中，人无分老幼，事无论巨细，都积极响应，二爷刘增祖，统筹左右，出力最多，我爷爷刘安祖、奶奶童慈源更是物尽其用，操心毕至。父辈刘金福、生福、培福，还有我万福叔、吉寿叔、长福叔，大哥刘自文以及二奶奶冯氏、三奶奶李氏和大妈孟氏，都为掏井出了大力。

　　时过境迁，物是人非。半个世纪过去了，当年掏井的情景至今仍在眼前、在心底，曾经为刘氏家族奉献过的父辈们大多已不在人世，可是每次回老家，走过桥头那口古井，都有许多莫名的感念陈在心头……那古井曾哺育了多少代人？她不但恩泽了刘氏一门的荣崇，而且滋养了我辈的希冀与憧憬；她不仅镌刻着农村往昔岁月的艰辛与曲回，也见证着北湖村落的兴衰荣辱与沧桑巨变。

北方老井

北湖记事之五

打判官

　　小时候，偏僻农村男女娃娃大多时间不在一块做游戏，男娃娃玩的游戏有很多，春夏有跳楼、耍水扎猛子、藏猫猫，秋天摸鱼、烧土豆，冬闲时打疕、扣麻雀、打烟盒。较为野蛮的有自制链条枪、分组打坷垃仗，粗犷且按角色分工的，也是最有趣的就是"打判官"。

　　依季节的变化和农事的忙闲，即兴游戏，是那个年代娃娃们的乐趣，虽生活在贫穷的岁月，但少年不知愁滋味，在苦中作乐，在苦中磨砺，在苦中成长。至今还记得打判官的场景。在冬闲的时候，每有月色的傍晚，一伙年龄相仿的男娃娃，会不约而同地聚集在刘家桥头，或到陈家营子，或到饲养组前韩家湖边的空旷处。找来砖头石块，按照人的五官，在地上竖起"脑门""耳朵""鼻子""大嘴"等形象，间隔一步左右，立在地上作为"判官"；接下来就是拿石块掷打地上的"五官"标志。上场者站在距离"判官"七八步的横线上，手握石块依次上前发力掷打，打倒一个标志，就会获得一种"欺负或戏弄"小伙伴的权利，什么也没有打倒的娃娃就要接受"惩罚"。

　　打"脑门"是第一目标，因为有赏罚权，可以判罚顶屁股多少次以及亲自施虐的乐趣；其次是打"嘴"，有"宣判"的权利，第三是打"鼻子"，有捏鼻子的权利，第四是打"耳朵"，有揪耳朵的权利。如果参与的娃娃多，还可以设置两对"耳朵"，那样执行时揪耳朵的便是四人。有时还摆放两只"胳膊"，打中者在判罚顶屁股时有拧胳膊、架土飞机的权利，因此，打到哪个部位，所获乐趣的大小是不一样的。

宁静而又祥和的乡村，在隆冬的傍晚，皓月如水，星空灿烂，对我们这些半大的孩童来说，这正是疯玩的、难得的好时光。

开打喽！第一位上去的娃娃大声喊着，借以引起大伙的注意，招呼大家观赏和见证打倒的成果，于是全场瞩目，看他能打中啥？一般率先上去的肯定是孩子王，或年龄稍长，或机敏，抑或强壮有蛮力。

第一个出手的是我全福叔，比我年长几岁，平常称他小叔，平日里和我关系最为亲近，亦叔亦友，明里暗里对我都多有关照。只见他一甩手，咚的一声，他打中了"脑门"，成为本局的判官。第二位喊打的是郭全，比我大两岁，虽家境特殊，但为人敦厚，自孩童时期一直到我离开农村，都是我最好的伙伴，他打中了"嘴"。第三位由我争抢着上场，也想一击打中，报复一下那些曾经的施虐者，捏捏他们的鼻子、揪揪他们的耳朵，或者拧拧他们胳膊，架架他们的土飞机，灭灭他们的威风。可眼下，剩下的目标少了两种，打倒剩下的任何一个五官亦可免于受罚。鼻子居中便于瞄准，且稍近，于是我选择打"鼻子"。可惜事与愿违，打出去的石块虽直奔目标，但却落入塘土，就差了一丁点，没打中。第四位上来的是中华，第五位是双换，第六位是立文，他们都有斩获。

该听宣判了，我小叔以无可争辩的姿态，客气而又谦和地说道："这一局我侥幸当了判官，灵生（我的小名）外地城里娃娃，身体弱、力气小，啥也没打中，我建议从轻发落，就少判几个，郭全你宣布吧，你看顶上两个屁股能成不？"话音未落，只听周围一片吼喊，不行！不行……郭全只好大声喊道："那好吧！两个太少，十个嘛……多了点，我宣判顶灵生五下屁股，立即执行！"此时群情激昂，一个个摆出挤对

101

我的样子,挽袖子抹胳膊朝我拥来,小叔拢住我的双肩,中华使劲揪住我的鼻子,立文死死扯住我的耳朵,双换等人狠狠拧住我的胳膊,在即将顶屁股之前,站在我身后的小叔又说:"我顶啦,忍着点。"与此同时,用膝盖顶了我五下,每顶一下,被扯住的耳朵就像撕裂一般疼,鼻子被揪得发酸,胳膊就像要脱臼一样难挨,这一通折腾下来,理当被罚与自取其辱相交织,使得我浑身颤抖眼冒金花……在一阵哄闹声中结束了第一局。

看着我被"行刑",小我两岁的弟弟韩生担心我再玩下去还会吃亏,跑过来劝我说:"不要再耍了,我们回家吧!"我虽体质弱点,但岂能甘心服输,甩甩被拧疼的胳膊,摸摸被揪扯疼的鼻子耳朵,执拗地对韩生低声说:"我非赢一回不可。"

融入北湖乡土文化生活圈是很不容易的。我四岁时随母亲从甘肃广河县来到北湖,母亲怕我孤单,常叮嘱亲邻们家的娃娃带我玩,逐渐长大点了,每次出去玩总会带点小伤回来。藏着掖着怕被母亲看见,但十有八九都被母亲发现,为此,母亲很心疼,以至于往后我不管干啥,不让母亲为我担心成了我那个时期的唯一心愿。

要想融入小伙伴们当中,要想玩得好,服输认怂是不行的,否则,以后谁会和你玩呢?再联想起平时的一些野外活动,不管是煮鱼汤还是炖麻雀,我都从家里偷出油。虽说是偷,但母亲是知道的,甚至是默许的,她是不想被人瞧不起我才装作不知道,而他们,都拣盐、辣面子偷,都是最不值钱的,至于小叔总拿锅呀、刀呀、案板呀,用完还不是好好拿回家吗?想起这些奉献,我就有几许自豪与无畏!

心里还交织着刚才因受罚产生的屈辱感和因联想往事升起的自豪感,就听见全福叔发话了:"这次先让挨了顶的灵生开打。"我恨恨地抹了一把还噙着泪花的眼睛说:"好!"小伙伴们也都乱喊着提醒我:

"往高扔！先瞄准！"我上去盯住判官脑门奋力一打，目标应声倒地，四周传来一片叫好声，我成为了这一局的判官。就听有人说："哎，这个小砂锅子（对兰州人的俗称）还真能行呢！"看热闹的都以赞许的口吻和惊奇的目光看待我的这一"翻盘"之举。当然，开局打本来就有优势，五官的标志整齐地摆在那里，瞎碰也会打中一个，此时我不仅仅是窃喜，关键是平添自信，人们的眼光也有了变化，我心里嘀咕着，原来他们也都不是那么坏嘛。接下来一个个打下去，小叔全福最后瞄了半天，打中了"胳膊"。郭全什么也没打上，平时这家伙最爱玩狠的，这回成为了本局受惩罚的人，我作为判官，心里早乐开了花，直接判罚顶十个屁股，嚷嚷着让立文快些宣判……

我身量小，用膝盖顶郭全的屁股使不上劲，心里又想狠狠顶，就对小叔说："小叔你来替我顶，我拧胳膊吧。"全福叔高兴地跳到郭全身后，抓住了他的双肩，立文赶紧低声对着我说："顶十个屁股太多了，顶七个吧？"立文与郭全是邻居，从小就是玩伴，自然向着郭全。这一请求大家都没意见，我也只好说行，就顶七个。热闹开始了，小叔全福极其认真地完成了每个动作，且每顶完一个屁股后都要求大家重新捏紧鼻子、揪好耳朵、拧牢胳膊，使足了劲。咚、咚地顶下去，直顶得郭全哎哟慌天叫喊着、胡乱地骂着：好我是你的爷呢……龟孙哎……把爹们往死里顶呀！声音都变调了，后来杀猪般地号叫着，眼里涌着泪花。

在那次游戏中，小叔全福打中了脑门。他一生教子有方，才情出众，在家族中多有善举，去年却因脑梗健康出了问题。双换打中了"胳膊"，后来他十六七岁时给生产队打场，一次脱粒时手臂卷入脱粒机导致残疾，虽因工伤村镇多有照顾，但毕竟肢残，命运多舛。立文打中了耳朵，初中毕业后先在北湖务农，后来服兵役到野战部队，上过老山前线，剧烈的炮声曾震聋过他的耳朵，复员回乡在北湖村任支书，当了村里的致富带头人。中华打中的是"鼻子",后来当了消防兵,总能嗅到浓烈的焦煳味,如今家和事兴,二老康泰。其他人如大哥自文、二哥自明,陈家老三炜生,韩家老三治泰,安分守己,各有自己平顺的生活轨迹。

伴随着大呼小叫,以及笑声与怒骂,打了好多局后,已经很晚了,不知是谁家的大人喊了几声"回家",就有娃娃吼叫起当年常吟的童谣:"谁回谁介家,抱上西瓜打他ma",一路吼唱着,一会儿消失在宁静、朦胧、诗意的村庄里。

说不清楚什么原因,这种男娃娃、分角色、重惩罚的游戏,尤其是我打中判官的那个晚上,我至今记得特别清楚。那深冬寂静清冷的满月,那韩家湖边至纯的乡土味,那些娃娃们既较真粗蛮又野性亲和,离开了巴望着相聚,而集聚在一起又相互抵怼的场景。那真正是调教和驯化我与小伙伴们成长的天然竞技场,而这些季节变化中随时随性而为的各种游戏,才是将我真正融入北湖生活并进而登堂入室的无价之梯!

北湖记事之六

一碗烩菜

——母亲的苦难与爱

似水流年，蓦然回首，过两天便是母亲八十岁生日。这些天，在筹划贺寿宴中，与母亲生活的许多片段和瞬间，总是萦绕在脑海挥之不去。我人生重要节点里母亲的言谈举止，那些只有我们母子知道的唯一故事，像闪烁的珍珠一样不断浮现在我的眼前，"一碗烩菜"便是其中的一件，那情景我至今记忆犹新。

母亲在我眼中，年轻时与人交流总是侧身微笑，给人若有所思之感，加之傲人的身形、白洁的面容、乌黑的头发，呈现一种亲和雅致的姿态，一种含羞中略带矜持的样子；小时候，母亲面对犯了错，特别是需要严肃告诫或惩罚我们兄妹几个时，脸上总是憋出一种极度狠心的模样，那漂亮的面容已呈扭曲状态，且阴沉得吓人，但往往眉角间隐现的仍是慈善与宽容。不知从什么时候起，母亲养成了走路时常显快步前纵的急迫情态，似乎心中总存有某时特有的生活重任与目标，不能有稍许的迟缓和耽误。

母亲于 1940 年农历二月，出生在甘肃省兰州市中央广场山子什一个城市贫民之家，出生时只有两斤多重，贫寒且处于兵荒马乱之际，外婆没有奶水，全靠亲邻帮助，吃百家奶长大，不满十岁就跟着外婆给有钱人家做活计。兰州解放后，因无家可归，于1951年被遣送至外公原籍——临夏自治州广河县李家寺。母亲从一个大城市来到一个偏僻的山村，生活落差很大。当时，母亲一边帮着外公种地挖野菜，一边还要厚着脸皮走家串户讨饭，维系全家五口人的生计。母亲十三岁时在强烈渴望上学的求知欲驱使下，经邻里帮衬、好心老师接受，才勉强上了小学二年级。因母亲勤奋好学不断跳级，仅用了三年多的时间，便完成了小学六年的学业，成为品学兼优的文艺特长生。1956年下半年，母亲在一次偶然看眼疾时，无意中认识了刚从卫校毕业、分配到广河县麦家巷乡医院工作的父亲，之后两人便建立了恋爱关系，到1958年9月才终于结婚。1959年四五月间，母亲考取了临夏艺术学校，可上学前发现已有身孕。为了我的平安降生，也为了照顾父亲，十九岁的母亲终究放弃了自己美好的人生前景。按照父亲调回中卫的愿景和先送母亲返乡的决断，母亲于1962年初，毅然带着我和大妹回到了父亲的故乡——中卫县东园乡北湖村。这期间，大约在十年里，家庭的重任全都落在了母亲身上，在奶奶掌管的十几口的大家庭里，母亲既要参加生产劳动，承受两地分居的情感煎熬，还要侍奉爷奶，真是含辛茹苦、度日如年。

20世纪60—70年代初到北湖，母亲带着我和姐妹过着十分窘迫的生活。父亲在广河工作，一年中最多能回来探望我们一次。大多数时候母亲和我们兄妹几个无依无靠，特别是在那种食物极度匮乏，家中没有壮劳力，分不了多少粮食，精神上也没有依靠的日子里，吃不饱饭是经常的事，更不要奢望平日锅里能见到肉腥。炒菜吃油都是用"油布子"在锅底上擦擦，有时没油只能吃盐煮菜，那种凄苦贫困的生活，只有经历了才能领略其中的滋味。

那时每年春秋两季，生产大队都要集中壮劳力搞"田园化"建设，挖沟修渠，拉沙压碱，干活的人称作"民工"。在农业学大寨的口号声中，披星戴月，历时一个多月，完成预定工程任务后，都要杀猪犒劳一下民工同志们。由于低水平的生活，人们把吃看成是生活的全部，能吃上肉、喝上酒就是最好的生活享受。时至今日，农村还在流行着问候语："吃了吗？"每逢这时，生产大队领导会通知村上的民办教师也去改善伙食，而我母亲在广河县就是民办教师，回中卫后不长时间，也就被照顾又干起了老本行，自然也在通知之列。所谓"大烩菜"，实际就是将猪肉混烧成红烧肉，再加上炸豆腐和炸土豆块，与咸菜和粉条等杂炒在一起，因还带点汤，又是多种菜烩炒在一个大锅里，因之叫大烩菜。母亲打上一份大烩菜、一碗白米饭，这时她舍不得趁热吃，端起这碗来之不易的烩菜，心里想着半年多没见肉星的我和姐妹们，便急匆匆大步流星穿过村庄，故意躲开或支吾着迎面打招呼的邻里，回家后再炒上半锅土豆片和咸菜，与这碗大烩菜烩炒在一起。我与姐妹们欣喜地围在锅台边，吸着鼻子，闻着肉香，吞咽着吐沫，在馋相毕露中着急地期待着开吃……那种以清苦当佐料、以饥饿吊胃口的滋味，真是难以复加。

　　那时母亲总是偏袒我多一些，每次都或是多一块肉，或多给一点汤，母亲看着我们几个吃得狼吞虎咽，疼爱之情全都绽放在脸上，那欣慰的神情，仿佛完成一件壮举。此事后来让校长王希海和大队炊事员知道了，每回都勺头有情，给母亲多打一点。这样的情况，年复一年地重复着，似涓涓山溪，从我幼小的心田里淌过，留在记忆的深处……

　　生活虽艰辛，也是多彩的。为改善家里的生活状态，让我和姐妹六个吃饱饭，一年中能多吃几次肉，母亲从20世纪70年代初开始，克服种种困难，学会干各种农活，全身心谋划我们的生活。先养了鸡，每年再孵化一窝小鸡，待小鸡养大后，每过一段时间就宰杀一只给我们改善生活。再后来每年喂一头猪，过年时杀了，大部分卖了，留一小部分肉和下水给我们吃。母亲还学会了种自留地，总是不遗余力地在埂坡套种上玉米、葫芦、毛豆，又种上各种时令蔬菜。秋后时节，母亲让我和姐妹到地里捡拾青豆等粮食，以便冬闲时换豆腐来改善生活；秋冬之际，还使我与姐妹们协力挖地窖，储藏过冬的蔬菜。

　　生活极度艰辛、百般无奈时，母亲曾多次有过轻生的念头。后来她告诉我们，她曾两三次边想边踱着小步，在轻生与熟睡的我们之间来回徘徊，反复定夺着是离开这个世界还是再苦再累、再无助也不抛弃我们。母亲之所以决定在百般艰辛中活下来，她心中蕴含的是母性的大爱，倔强地坚守着自己的梦想："孩子们会长大的，丈夫会调回来的！"

　　母亲一生中永远有一种面对艰难不离不弃、不屈不从的信念。她——虽娇弱无助，却执着追求、永不放弃；虽历久艰辛，无依无靠，却无畏前行；虽磨难缠绕，唤天唤地不灵，却乐观向上。她苦难中精神不倒，委曲求全，始终善良依旧；她既有向善不屈的豪迈，苦难境遇中任忍岁月割舍的胸襟，也有着常人难以忍受的刚毅、坦荡和默守心志的泰然。

　　母亲的忠贞守望和艰辛抚育，终于结出了硕果。70年代初期，父亲调回中卫，在多个岗位展示了才华；我与大姐和四个妹妹也都学有所成，工作上各显身手，社会上多有赞誉。每当这个时候，苦尽甘来的母亲笑颜灿烂，似乎腿也不疼了，腰也不弯了，一切苦楚都是值得的……

　　母亲，您勤劳节俭、阳光干练、仁厚和善、真诚乐观，不为命运所屈服的精神，将永远激励、陪伴、丰富着我们。苦难、辛劳和无助将成为您的过往，愿您在今后有限的岁月中康泰安宁、贻享天年、长命百岁！

于己亥年仲夏

时光飞逝　你我如故

光阴荏苒，岁月无情，转眼间，我们都已年近花甲。

四十年前，在那个太阳最红、政治挂帅的火热年代，我们相聚、相识、相知在故乡东园中学。记得当时虽然生活艰难，青春的激情极受制约，但两年的高中时光，我们依然创造了许多美好：学习劳动之余，一同玩耍，一同经受风雨的洗礼，一同憧憬美好的未来。说说笑笑，打打闹闹，在单调的生活中，相互间有纯真的顾盼，也有含羞的回眸。我们快乐着彼此的快乐，忧郁着彼此的忧郁。

岁月如梭，四十年间，沧桑巨变，每个人都经历了不同的人生轨迹。在事业、情感和生活中，有的人幸运，诸事顺意畅达；有的人艰辛，往事不堪回首。但我们在社会的基本细胞家庭中，或为人妻，或为人夫，或为人父母，抑或祖父母；在事业上，虽倍感压力山大，但充实有为；在生活上，虽忙碌奔波、身心疲惫，但并不空虚。虽历经四十个春秋，尽尝酸甜苦辣，但愈老愈活得明白。

四十年岁月，恍如昨天。我曾读过这样一则故事：狐狸发现了一窝鸡，但因太胖钻不进鸡舍，于是饿了三天终于瘦身进入。饱餐后又出不来了，只好重新饿了三天才出来，最后它感慨自己在这个过程中除了过嘴瘾就是白忙活。

我们都年近花甲，无论是创造了骄人的业绩，还是博得了令人羡慕的功名，无论是平庸无为的，还是凄惨黯淡的，活到今天，似乎就和狐狸一样,无非是饿着进去,又饿着出来而已,本质上少有区别,你我还是那个你我。

时至今日,幡然悔悟,花甲之后,关键是要健康地活着。

人的高下与优劣仍在延续,但并无恰当的规则去定论,常言道"善终即是福"。能否善终,反倒成了花甲之后的向往与期盼。我们应把更多的时光,放在如何面对未来上,如何面对与审视一生的幸福,最终归结在过好晚年生活上……

四十年稍纵即逝。我们已不再年轻,已不是生活的主角,在我们的心底应有悄然退出"主角"的念头,随着时光的流逝,逐渐强化这个概念、淡出历史舞台。

我们要把身心健康放在未来生活的第一位,社会和家庭的重担交给子女去承担,不要总是以自我为中心,过高看重或倚重自己。我们应该是帮忙者、观赏者,甚至是隔岸观火者。要学会漠视,只有一次次地放下,我们才能有更好、更轻松的属于自己的生活。

前路漫漫而岁月匆匆,过去的,当无怨无悔;今后的,当自由潇洒。不必感叹什么,也无须在意什么。在似水流年里,把一切美好封存在记忆中、珍藏在时光里,用心体会生活的瞬间美好,用大爱滋润生命的细枝末节。人生有太多的无奈,也有瞬间的沧桑,都是曾经

笔者与爱人钱淑英

和过去，都是依稀仿佛。经历了便是财富，感受了就是幸福。

同学，是生活中仅次于兄弟姐妹的群体，没有互相猜忌，没有钩心斗角，是互促共荣的伙伴，简简单单，实实在在，虽不常联系，日久还会惦记。虽然久不相聚，时常总能想起。我们不妨或每月，或每年，腾出些时间，再打理下我们曾经一闪念间的美好存在。应多些时间，多些漫步闲谈，多些说走就走，再创造一些只有我们才可以制造的荒唐、可笑与真诚的滑稽。

当飞逝的时光凝聚为愉悦的感受，流淌的日子堆积为深深的年轮，刻在我们每个人的脸上、身上；当我们迈着蹒跚的脚步，发着颤巍的声音，佝偻着弯曲的身形，那时还能童心未泯、谈笑自若时，我们就超越了年迈！让我们永葆一颗充满活力和希望之心；虽然青春不再，但心依然可以年轻！

中卫县东园中学77届高中同学毕业40周年合影

世外桃源

仁者乐山，智者乐水，倘若二者兼顾，自然是出游者最美的境遇了。

您想寻觅"世外桃源"吗？

那么，不妨落脚宁夏中卫，而后转道南、北长滩，这里至少是天然、古朴、典雅的原始所在，绝少人为的痕迹……

长滩——历史积淀的活化石

黄河离开巴颜喀拉山，穿山越谷呼啸而下，自甘入宁跨过黑山峡后，骤然转了个大弯。古老而美丽的南、北长滩，便是这神奇的大自然的造化。

这里，充满摆不脱的诱惑、猜不透的谜底。

我们沿着河滩古道，徒步向前走去，沿途看不到一点现代风物，扑入眼帘的，是一片静穆清幽的树林，耳边却依然鸣奏着黄河滔滔的水声，宛若空谷传响……

在满目的碧绿丛中，渐显出石垒土砌、古色古香的原始村落，小屋、庭院、围墙、场地，布局错落有致。像描绘在河边、林间、阡陌上的风景画，粗拙中透出精巧，雅致而不失古朴。那年代久远的土屋，土屋里的木格窗，窗纸上的剪贴画……

这是历史遗留的家园，还是往昔先民生活的积淀？

定居在长滩的拓氏，相传是西夏党项族的一支，为躲避蒙古兵追杀，流落于此。那时候，南、北长滩没有陆路，几乎与世隔绝，先民们是乘着皮筏子，顺流而下来到这里的。刀耕火种，垦荒造田。耕于滩涂河滨，栖于山谷水畔，硬是用鲜血与汗水缔造了这么一处"世外桃源"……

多少年过去了，如今这里的民风民俗依然如故。他们依旧过着"日出而作，日落而息"的生活；对外来的游客，憨厚纯朴、古道热肠。他们崇尚的是黄河水、黄土地，信奉的仍旧是"自耕自足"的信条！

透过村落向远处极目，羊儿、牛儿、驴儿在悠闲地吃草；农田里，也还有戴着草帽的人在翻耕土地。那田陌、村野、鸡啼犬吠，偶尔学童与之嬉戏……使我们很自然地联想起元代归隐田园诗人马致远的《天净沙·秋思》："古道、西风、瘦马，小桥、流水、人家……"然而，这里丝毫没有"夕阳西下，断肠人在天涯"的感觉。

傍晚时分，长滩下起了细雨。如梦如烟的雨丝，笼罩了整个长滩村落，时空模糊而又清新，脚下的土地无不赋予游客一种对历史的沉思与遐想……

南、北长滩地处甘、宁接壤之地，左有金城（兰州）鼎盛的"丝路花雨"，右有兴庆（银川）繁华的"塞上江南"，长滩何以耐得住"恬静悠远"的寂寞？

谁胡言这里的人"食古不化"？

——现代意识早就"觉醒了"！

且莫说这里的人"落后保守"？

——当代文明正装饰家园！

先祖既恋于斯，晚辈们亦倾心于斯。耕读渔猎，温饱和谐，不正是现实生活的写真？至于那百年古园里遍地的梨树、枣树，斑驳的石块，煌煌烽燧、吱吱的水车，无非是过往历史的见证罢了！

清晨，伴着鸟鸣，村民们醒来了，三三两两地走向希望的田野。

长滩——黄河水车的故乡

到中卫的游客，大抵是冲着唐代大诗人王维"大漠孤烟直，长河落日圆"这句千古绝唱而来。

中卫是一座边塞古城，黄河、大漠、高山、绿洲在这里汇聚一隅，融成一气，常让人不觉浸入到岁月的深远与厚重之中。历史在这里是一幅凝固了的画卷，翻过去，茫茫大漠原本无奇，滔滔大河不尽东流，无论我们今天再有多少真切的体验与回忆，都无法给这亘古不变的绝景再增添声色与情致，那么在历史的长河中，那决定着生活和生命潜能的驿站到底在哪里呢？

带着这些疑问，我们来到了南、北长滩——黄河水车的故乡。

水车是古老黄河农耕文明的象征之一。据《中卫县志》记载：南、北长滩河湾里的水车始建于明末，至今已有五百余年的历史，是中国迄今最为古老的水车之一。当地一首著名的水车谣唱道："祖先在这里生活，留下了古老的水车，这像老人经历了沧桑……把水带给了家园，把水送到人的心窝……"

通常我们在河边水流开阔平缓处，便能见得到水车的踪影，极像旧时人家里纺线的车子，直径十八米，有碗口粗细的十二对车辐，周边均布四十八个矩形水斗，利用水流冲力，车轮带动水斗环行，水车亦顺轮而转，河水自下而上，沿着长长的水槽汩汩流入长滩的土地……

黄河是一条慈爱的河流，当她在以各种形式缔造黄河文明的同时，水车则继承了黄河对大地、生命最绵延最诚挚的热流。站立在水车旁，水车在缓缓地转动着，它那阅尽沧桑的古铜色的车轴上，布满了青苔，应当说远古文明的遗存是现代文明的象征，是值得我们骄傲的。千百年来，水车世代相传，那巨轮上的串串水珠仿佛潜存着生命，滋润这里的山、激活这里的水。长滩受黄河水恩泽，荒芜的土地焕发了生机。水车不但转出了长滩美丽的家园，而且早已融入了这里的山水风情，与长滩人家合二为一了，当今天我们再面对这些古老水车的时候，谈不上什么发怀古幽思之情，与它打交道的是一辈辈普普通通的庄稼汉；在水车面前也难得有激情的欢呼与雀跃；它折射着给人们更多的是智慧、沉重、理性的光芒，我们的先人创造了水车，但绝不会预知今人会对它产生了如此流连难忘的情愫。先人为求生存在同大自然抗争的过程中，只是朴素地坚持了向天要饭、土里刨食的愿望罢了，他们无意去创造什么奇迹，也未必领情这些模样巨大的"纺车"被冠以"农耕文明象征"之类的名词，在他们眼里，水车就是长滩人家提水灌溉的工具罢了。它吱吱转动着，伴着寂静的群山、哗哗的河水，伴着平静淡怡的长滩人家，再寻常不过了。

长滩——黄河之滨的村落

在南、北长滩村落间，其用水车提水营造的田间，清新古朴。三千多棵古梨树、枣树、杏树乘着春风争奇斗艳。据当地老人讲，这果园的历史已有三五百年了，合抱之木错落生长在阡陌间。春华秋实，暑去寒来，这里每一棵树都有一个故事、一段历史。

每逢四五月间，长滩的田野村头、院墙里外无处没有花的颜色。杏花、梨花、桃花，尤其当您置身在枝叶交错、树冠相连的古木林中时，人被树裹，花由枝生，犹如沐浴在香花雪海之中。清风吹来，枝叶轻拂低吟，落英婆娑起舞，万香浮动，一派盎然生机，不禁让人吟起"遥看一片雪，花海波千顷。若无香风吹，疑是白云绕"的诗句来。就在这花儿竞相开放的时候，杨柳也拖着柔媚的长发在河边、村头袅娜鹅黄地悠悠飘动。像这样大片大片的古树实在是不多见，前人栽树后人乘凉，并享用着这丰盈的果实。长滩人感念前人传下的基业，并不忘世代相传，我想，这个地方的历史延续与传统便在这古树的涛声里，代代流传下去了。

  古园的晨晓有鸟声之趣。大大小小的鸟儿很多且好看，却叫不上名字，在林间飞来飞去。阳光透过斑驳的树丛，仿佛无数打碎了的五彩水珠回转，静听百般音韵，只觉神思清爽，昏眩全无，恍如置身山巅云霄之间，"落花潇然自得，鸣啼欣然有会"。有超凡脱俗、十分道遥惬意之感。这久违的鸟叫声让这变化匆匆，令人眼花缭乱的世界多了几分清醒和精神，在人生过去和未来的日子里，能够在落花鸟鸣处看得到人生的风光景致，可谈得上是一件绝美的事情，不过全得靠自个的修炼和造化。

长滩——黄河漂流的起点

  南、北长滩与举世闻名的沙坡头景区毗邻。黄河自甘肃小观音而下，进入黑山峡，犹如困兽，一路咆哮，惊涛拍岸，似一把利剑，劈山斩石，锐不可当。进入这里，把无数美丽的传说和故事沉淀在了河边和渚滩之间，如果说黄河是母亲，伫立在大河身边的高山是父亲，那么这里无数千奇百怪的石头，便是大山与大河眷恋的子孙。它们带着历史的神韵，一路如歌如泣向我们走来，著名的"洋人招手""老两口""三兄弟""七仙女""将军柱""一窝猪""红毛牛""龙王炕""黄石漩""双狮山""阎王匾"……每一个名称都是一处自然奇绝，每一处景致都有一段凄婉美丽的传说。

  南长滩到沙坡头有六十公里，这里是黄河漂流的起点，黄河水流落差达八十四米,漂流便从这里开始。

旧时南、北长滩陆路封闭,几乎与世隔绝,许多物产全靠当地筏工用羊皮筏水路向外贩卖。当时,黄河上皮筏泛波,商贾云集,蔚为壮观,至今仍被当地老人怀念称道。这里所说的羊皮筏子,是由十四个囫囵羊皮(当地叫浑脱)捆绑组成的黄河小型运输工具,随着社会的发展,如今已不再运输货物,而成为旅游项目,三四个游客坐在上面,与黄河筏工一路劈波斩浪向下漂流,只见万壑争流千岩竞秀,形形色色的险滩和河中怪石或向你迎面扑来,或向你畅怀招手。耳边轰鸣着怒涛,忽儿浪尖,忽儿浪底,既惊险又刺激。惊涛拍石激溅的水花,会合着风声浸湿你的全身,不由得使人浑然意远,自然生出一种原始的出尘之感。沿途的古老码头、制陶遗址、黄河水车,风景如画的塞上江南,和那石头堆出故事,美轮美奂。一路漂流,岸移景换,五彩缤纷,让人目不暇接,充满了极大的情趣和诗意,如今羊皮筏子已成为黄河古渡上一道最为奇美的景观。正是长滩黄河两岸的石头,以它那固执袒露着的惊人真诚,让每一次漂流都包含着原始、神奇之美。虽是漂流,也需撑一杆木桨去拨开长滩的历史。先民们在生存中学会了漂流,他们心灵的栖息才使得生命之舟有了泊锚之所,并把生命中最真诚、最可贵、最理想的一切呈现出来。正因为如此才有了一层神秘和几分让人心跳的诱惑,使得这漂流起起落落。今天我们将在漂流中读懂生活,就是在这浊黄的激流中去激发热爱生命的勇气。

黄河漂流——正在成为蜚声世界的沙坡头黄河旅游精品。

长滩——心灵的精神家园

当你踏着水声,走在长滩土石相间的小径上,山下,黄河滚滚奔流;对岸,古老的水车千年不变地转动着。时代变迁,岁月已逝,仿佛

游老君台

　　中卫常乐镇太青山上，有一朔方最大的道教圣地，名曰老君台。这里三面环山，一台独矗，峦旷台幽。老君台古称"太青山老君台全真观"，据现存唐代敬德监工重修石碑考证，应为西汉修建。《乾隆中卫县志》记载："老君台山，在古水（今常乐镇冰沟）东，三面山相环抱，旧有老君庙，故云。"

　　乙未年秋，在常乐镇雍彩春会长的引领下，我与韩忠胜、方逸二兄因兴趣相投，登台游赏，身感气象非凡，一派超脱尘世之貌。据确切记载，全真教派真人丘处机曾修行暂居于此。

　　此地虽非香山至高处，但山势依次推高，空旷灵动，古朴苍茫。推想此界，若晴和远眺，则朝辉夕霞，前套唯美；若月明星稀，则银河咫尺，天地独尊。此台高百丈余，登台四顾，北有炭山夜照，若隐若现；南面峰峦起伏，紫气来朝；西望铁龙穿沙，瀚海苍茫；东向云霞似火，心旷神怡。极目俯视，山河雄秀。后人有诗赞曰："中卫名胜太青山，奇峰如屏秀可举。青焰缭绕炭山洞，紫气飘指老君台。遥望沙坡飞龙速，俯瞰黄河艇筏繁。最喜牧群漫山出，更有耕机动地来。"

　　老君台殿宇楼阁建于台顶。远观，台因山势而兀，山以台势而隆，峰峦挺拔，崔嵬合抱，大意象呈龙嘴含珠，毓秀钟灵，祥瑞相衔，气势恢宏，离而不孤。其台东北侧，有蜿蜒小道，曲折通达。细品台之讲究皆依道教名理。自南天门绕道，沿东侧云梯直上，豁然可见"老君台"

题额，笔力苍劲，书意古雅。老君台主体建筑以南天门、太白殿、中楼、三清殿（正殿）呈中轴线，由南至北依次排开，两相对称，左右逢源，气势雄伟，浑然一体。

老君台现有大小殿宇五十余间。除山下的"三清殿"十一间，其余都集中在山上的"全真观"。"三清殿"供奉真武大帝、雷神、火灵大帝，新修配殿八间，供奉吕祖等。由东山门而入，显见"全真观"三个大字，山门联语："东鲁圣人投向吾门问至道，西域佛子曾来我处悟真空"。过东山门南行即为正门（南天门），门为圆穹砖石筑成，象征天圆地方。进门行二十四步，含二十四节气之意，上十二级台阶，意为子、丑、寅、卯、辰、巳、午、未、申、酉、戌、亥十二地支。步入殿堂，先是"太白殿"，供奉太白金星，两侧为东西文武楼。过"太白殿"即见全真观的中心二层木质中楼，站在中楼顶部，能俯览整个全真观，也能远望四面的山峦，真有"一览众山小"之感。中楼底层为"斗母宫"，内供奉斗母法身；下层为"观音楼"和"玉皇阁"，供奉慈航道人和玉皇大帝。中楼东面为"东祠堂"一间，供奉"南华真人"庄子、"冲虚真人"列子；西面为"西祠堂"一间，供奉"玄通真人"文子、"洞灵真人"亢仓子，合称"道家文人"四子。东祠堂南面为东配殿五间，名"元辰殿"，供奉六十花甲子，从甲子到癸亥共六十位神祇，为本命元辰神。西祠堂南面为西配殿五间，供奉"药王"孙思邈、"文财神"比干及南五祖、北七真和八仙。东祠堂北面为东楼，是文楼，楼下供奉王灵官、赵灵官，楼上供奉文昌帝君；与之相对的西楼为武楼，楼下供奉温灵官、马灵官，楼上供奉关圣帝君。过中楼即入"三清殿"，供奉元始天尊、灵宝天尊、德行天尊。此殿最亮眼的是老子八十一壁画，以老子《道德经》八十一章为核心内容，并配文解说，文字精致，画像鲜活。观院的最北端为九间配殿，中间为"五老殿"，东边为"三母殿"，西边为"三官殿"，映衬着中间大殿更加雄伟壮观。供奉天皇大帝、南极大帝、北极大帝、西王母、后土娘娘等。如此集约，可谓众仙齐聚，道济桑梓，惠普黎庶。

老君台同各类道观一样，历经沧桑，屡遭危害，庙宇被毁，文物遭劫，道众流散，尤其是"文化大革命"十年，竟成荒墟。改革开放四十年来，政府投入与民间化缘相结合，进行了大规模的抢修，现已修缮一新，重放光彩。

四年前第一次登台，感觉偏僻突兀，新奇空幽，且群口称赞抽签灵验。今再登，香火日盛，更多有感叹！

游乐以回归自然、放飞心情为悦。在全域旅游推行之今，道家文化脉络之博大与清晰，山台古建筑群之交融与辉映，四临朴拙幽静之空灵与俊秀。对中卫而言，老君台既是故圣地，又是新景观，诸如，老君望月、老君秋韵、香山之最。登台俯视，则中卫天地宽阔，前套阡陌苍苍，清静于无为或有为之中……同游者感悟颇多，皆有动情之豪言壮志，基于多种情结，记之，以励共勉。

中卫老君台

小镇的精彩

时逢秋冬之际，周末闲来无事，正巧旅委范家宏书记与沙坡头韩忠胜总经理，邀请曾在沙坡头旅游新镇会战中付出心智与汗水的几位老人手：黄华副主任，产业集团王福中董事长、张俊华总经理，迎水桥镇武建国书记到新镇看看主题酒店的文化包装，想来是念兹于旧情，想让我们聚一聚、散散心。

一

应邀去沙坡头旅游小镇，总有一种说不清的浓重心绪，那曾是自己魂牵梦绕的地方，但这两年里除节事外，没去过几次，也真没仔细看过。不知那些雕塑是否褪色？那些砂岩板是否脱落？还有那些亭台楼阁与廊桥奇石、空中花园是否安然依旧……

一行人谈笑风生、轻松自在。先看了几家主题酒店，贝隆公司的西北故事酒店，侧重于故事情景创意，多以西部特色为元素，将豪迈大漠、激情黄河、辽阔草原等融为一体。分层入室，无不体现着情、景、色与物的交融，带给入住者全新的体验。（宁夏）港中旅沙坡头游客中心酒店，则处处彰显着核心区域的优势，以浩瀚大漠、壮美黄河为主题，突出休闲特色，敞亮开阔的大厅，舒适流畅的楼层线条，昭示着沙漠之旅的惬意舒阔。沙都大酒店将沙漠、黄河、丝路风情多元素熔为一炉，以智能化、高品质的细节打造，凸现中卫首家视听智能化酒店。还有伊丁酒店、绿伯爵酒店、映客时光电影酒店，都是各有主题，特色鲜明，令人耳目一新，深受游客称赞，真叫"昼游沙坡头，夜沐异域情"！

二

俯瞰小镇，以向心聚集又联动四周的旋式规划布局，将连绵沙丘的形象提炼出来，沙海柔美而舒展的曲线呈欢迎的态势，神似沙山的形象，传递着沙坡头沙海浮花景色的独特魅力；高低错落、绵延起伏的沙浪，更因那抹盎然交织的空中"绿动"，在沙丘般迷人的曲线后边，层层扶摇而上，簇拥为空中沙漠花园；湖水的轻盈婉约，风蚀沙浪的柔美多变，都给建筑外观以灵感。参数化设计的纹理和模拟沙海的具象，让核心建筑更为灵动和典雅。沙山、湖水和绿洲大意象交汇融合，构成了形似沙坡头的多太极秘境，将新镇建筑提升到诗化的意境。这些凝固的建筑音符，必将给来到小镇的游人以清新、生机和飘逸的视觉冲击。

沙坡头小镇规划2.5平方公里，核心区437亩，主体建筑围绕旅游"六要素"。建设了大型游客服务中心、情景式盛典影院、主题酒店与客栈、侠客街和俪人街两大文化商贸与餐饮街区，还有1所邮局、7个停车场与4个公厕，以及景区大巴车换乘中心等集群建筑，适时保留了1958宁钢集团（原中卫铁厂）钢包遗迹，矗立了中国地理几何中心标志。此外，还根据规划，在核心区马蹄形外围布局了绿伯爵枸杞养生庄园、观光巴士分流中心、沙坡头娱岛和万齐农业嘉年华。辅助以楼台湖桥、亭廊碑石以及系列雕塑与秦、汉、明三代长城烽燧等建筑实体，力求多层次、全方位地将传统与时尚、现代与自然、人文与历史，通过建筑艺术融合点缀，为沙坡头旅游小镇铸就雄浑的物质基础和丰富的线条肌理。

三

　　如果建筑奠定了小镇的风采，那么文化则构筑了小镇的魂魄。小镇的入口是令人大开眼界的，东侧主入口布置了极具文化冲击力的《丝路驼峰》和《黄河之水》两大雕塑，凭其突兀与开阔，拉开了门幕。《丝路驼峰》后侧用大理石雕刻了铭文，说明了雕塑的创意，赞美了丝路史上健硕的驼队；《黄河之水》雕塑后侧用天山红镶嵌了毛志勇所作的《黄河前套赋》。其中赞美黄河称颂中卫的诗句有："千山冰雪，融为滔滔黄河；万溪涓流，汇入滚滚洪波；越境穿峡，携带浮土悬沙；借道中卫，酬以广袤沃野。"再往里，安置在两大雕塑与清音阁中轴线上的是小镇旗坛和碑铭石。走过旗坛，但见不远处一块长约13.6米、高2.18米的灰白华山石，上面书有"旅游新镇"四个大字，落款是吴善璋的墨迹，背面镶嵌了5600公里黄河流域图，各大支流清晰可辨，中卫赫然处在沿黄经济带城市群中。绕过"碑名石"，眼前是碧潭清澈的湖水，碧潭中精心砌筑了碧月岛，可谓小桥流水、曲径通幽，还颇具匠心地建造了大型喷泉与水幕电影；向北侧看，安放着石磨和河龟铜雕，向南看放置着一组羊皮筏子铜塑；中间时光大道优美的曲线连接着桂桥、清音阁。小镇在文化创设上，以3万年中卫历史文化根脉为轴线，用铜板在时光大道上雕刻了30个重大历史节点。纵情漫步时光大道，可谓左步百年、右步千载的历史穿越……

　　小镇核心区巨大的建筑群，共11.2万平方米，中间连接体是"清音阁"，两层椭圆形阁楼，建筑审美上一手托三家，南接盛典影院，北连游客中心，正西和西南是高大的景区巴士中心连廊。清音阁下面是碧潭与南、北海子三个水域的水系通道，核心点上景区韩忠胜总经理安放了"风财石球"，三季滚动、生生不息。之所以取名"清音阁"，来自于沙坡头的响沙之名。古人云"非必然与竹，山水有清音"是她的出处。三面连接"清音阁"的建筑群，构成了三座高低错落的沙山，是沙坡头沙漠浮花壮美景色的艺术展现。三座连绵起伏的沙山与碧潭，南、北海子三个水域，构成了六个形态不一、大小不等的太极图形，是沙坡头黄河一水中分，腾格里沙海与祁连山余脉双狮山原生态——太极地势的提炼与加工，这是一个艺术化了的精致的文化创意。

跨过清音阁，眼前豁然开朗，南、北海子精巧的水面分列两边，东北侧是气势恢宏的游客中心，东南侧是高大的盛典影院，南北遥相呼应的是侠客街、俪人街建筑群，错落衔接、亭湖廊桥，可谓自然天成，更是一番别样景致。南海子西侧点缀着融文亭，四个额上题有："安塞、陇耕、瀚海、行驿"。北海子南侧点饰着四角重檐"叠秀亭"，上面除亭名外，有王开选先生的诙谐联句："腹鼓原为餐秀色，睛靓乃因收美景"。临近巴士中心北侧与南侧可观赏到卧、立、行兼有的驼队和牧羊姑娘、小博克手三组黄铜群雕。这些铜雕的中央是突兀气派的六角重檐"爽挹亭"，用河北的晚霞红石材制作。"爽挹亭"六额题字为"爽、逸、清、悦、达、靓"，粗大的立柱上有两副联句。西侧联句为"河绕太极伴丝路，沙鸣钟声到驿站"，东侧联句为"孤烟散尽金沙接云霓，落日飞霞长河沃神州"。六额题字源于王开选，联句皆出自毛志勇手笔，可谓简约而不简单，卓有韵味地涵盖了沙坡头历史文化与地貌之精髓。爽挹亭东面形成围拢之势的核心文化雕塑是《丝路景墙》，长130余米，高3~5米，用巨大的黄砂岩石材雕刻，浮雕展示了古丝绸之路沿线各重要节点城市名称、沿途重要文物与文化古迹，看上去大气厚重，从长安经中卫至河西四郡，过迪化（乌鲁木齐）直到古罗马，凸显了完整的地域文化特征，将丝绸主题文化和重要的历史遗迹尽收其中。

我们一行出"爽挹亭"广场向东南方向沿南海子湖堤，绕过融文亭、麒麟怪石，来到"骋怀轩"广场。北侧是呈怀抱之势的盛典影院南门，西侧是侠客商贸街区，东侧是餐饮街区，正南面主通道连接着马蹄形环路。"骋怀轩"是三亭一轩主体文化富集载体，除轩名"骋怀轩"三个字外，东额题有"锦绣"，西侧题有"流红"，这也是开选的奇思妙想。"骋怀轩"南北两面各有联句，北有："仰观大漠苍穹感宇宙之大，俯察长河沃野叹品类之盛"；南有："眺八万顷金沙为岁月增容，观五千里长河与江山添秀"。这两副联句都出自毛志勇先生手笔，是小镇大景观、大文化创造中少有的借用艺术。特别是对王羲之《兰亭集序》改造而成的联句，"仰观与俯察"一联恰当地阐释了"骋怀轩"的由来和用意。

四

同行者兴致高昂，聊眼前之景，追溯文化创设。每每谈及市委、政府决策，特别是世军副书记、蔡菊副市长亲临督察拍板，郭吉武、俞学军、陶能等贡献心智的人，还有产业集团、景区公司、迎水桥镇有背景故事的人与事，多捧腹大笑，大家的心情与天气一样，天高云淡、清朗舒阔……

穿过盛典影院一层演艺大厅，俊华总经理告诉我们目前上演《沙坡头盛典》，现每天午晚演两场，拟再加演一场。出其北门再过清音阁，来到游客中心，沙坡头王秀美、丁太平、杨富国三位副总已等候，接待部何玉萍经理介绍了一楼布置、二楼功能以及酒店经营情况，我们想了解更多，但已过正午，便匆匆离开。

我们出游客中心北门来到灵龟广场，但见一巨大的龟形石卧于空旷的广场之上。石质属泰山石，约20吨，龟背中央安放了一块具象的金元宝，是晚霞红石材，元宝周边是红柳等绿植；龟腹四围选取了18枚椭圆形黄河球形石，形同龟蛋，上下结合其意自见，即"灵龟送宝、绵延不尽"，这是韩总与沙坡头管理层的得意之作。为了造型之需，广场东、西被巨大的砂岩曲膊遮挡，形成合围之势，其顶层便是空中花园，共同构成了沙漠浮花的大意境。

广场东北侧是沙都餐饮购物街区，西侧是俪人文化街区，正北面是长城遗迹景观群，最引人瞩目的是造型高大的烽燧，还有来自南长滩榆树沟的秦代石砌长城。烽燧东、北两边有汉代与明代土夯长城，高低荒置，真的是修新如旧，其北侧但见一块长城碑石，上面是俞学军先生的书体，文字极其简约，青石绿字，携韵清新，秦汉明三代长城一目了然。群塑西侧是勒勒车和牧羊犬，为铸铁镀铜材质，古朴大气，造型鲜活逗人。

五

小镇外围环境打造上，应理集团也是煞费苦心，布局了奇石，创设大意境。从沙坡头大道北侧依次安放了泰山祝愿石、海牛双卧石、镇柱石、甲壳虫团结石、沙坡头迎宾石、牛龟石、双河龟组团石、九曲沙坡头送宾石八组奇石。它们或卧或立，起伏多变，却又彼此呼应，虽个性纷呈，姿态诸多，却向天地表达着一个共同的梦想。同时，在绿植点缀上，林业生态局孙发宁局长追求示范工程，用胡杨做行道树，核心地段用银杏、梓树与泡桐加以配饰，林带上用玉兰、木槿、樱花等花灌木相点缀，创设了绿化美化大景观。

沙坡头小镇将农耕、游牧、大漠、边塞、丝路等六大文化融入其中：从"黄河之水"到"丝路景墙"，从"丝路驼峰"到"边关记忆"，从《黄河前套赋》到"驰怀轩""爽挹亭""叠秀亭"联句，处处浸透着建设者的心智与汗水。在视觉平面和三维空间上营造了"中国沙都"的整体文化氛围，也体现中卫"融合之城"的总体定位。

塞外驼铃今犹在，沙漠水城展新姿。毋庸置疑，旅游小镇不仅完善了沙坡头门户，重组了中卫旅游交通接待服务体系，也补强了中卫旅游基础设施，提升了中卫旅游品位。同时在一定程度上，还蕴含着整理本土文化、归结地方风情的意味。

美景如画，蕴含万千。拆得快，建得快，文化包装跟进快，每念及如火如荼的建设岁月，心中无不涌起不息的波澜，一砖一瓦，一草一木，朝霞暮云，清霜寒露，凝结着多少建设者的心血啊！

观览基于留恋，闲情怡于欣慰。沙坡头小镇的精彩已升华为凝固的乐章，让这中卫文化生生不息的交响乐，伴随着中卫经济社会步入全面小康时代！

沙坡头旅游新镇——丝路景墙

评文说艺

《逝去的古城硝烟》序

新中国成立五十余载，沧桑巨变，可谓亘古未有。这翻天覆地、日新月异而殷实、安逸的生活，使那些曾历硝烟的老战士、老将军们不堪回首往事，使经历过饥寒的中青代不愿直面过去，使新生代失去了纵向对照的生活，父辈们用以训导的先辈们的往昔苦难与艰辛，如今早已成了新"天方夜谭"。

这是发展的骄傲，也是时代的悲剧！不知苦，也就无所谓甜。

陈峰校长的《逝去的古城硝烟》，以抗日战争时期江淮一带平民百姓的苦难生活为背景，以反抗民族压迫、争取自由解放为主线，以翔实的史料记载为依据，为我们的新生代描绘了一幅饱含苦难与斗争、充满人性与反抗、弥漫硝烟与炮火的历史画卷，其故事情节跌宕起伏、曲折感人，主人公命运一波三折。这是故事，也是过去的生活。

《逝去的古城硝烟》既是一部历史教材，又是一部爱国主义教材，更是一部很好的生活教材，它或许对"进门不知吃什么好"的那些现代都市里的富裕人家，特别是其"小皇子""小公主"们更有所裨益，补上其幸福生活来之不易的一课，进而更加珍爱和创造美好生活。

我与陈峰校长相识于20世纪80年代初期，既是为学同道，也是忘年交。他终身从事教育事业，现虽已古稀之年，但仍壮心不已，笔耕不辍，他试图以残年余力，另辟育人蹊径，精神可嘉，师德可叹！

　　不论为什么样的作品写序，对本人来讲，都可谓是件难事。仅此，是为序。

于辛巳年腊月

民国时期的中卫古城

文以载道 歌以咏志

——《香山情恋》代序

《香山情恋》即将付印之际，学军兄嘱我阅之并为之序。说实话，为中卫大家之佳作写序，的确忐忑不安，唯恐添彩不足，反为画蛇添足。

细览之余，兴奋难抑，长期仰慕的学军兄，原来能画、能诗、能赋，亦能酌联著文，并样样精到典雅。既入前套之大流，随香山之本色，又具登堂之高品位、深内涵。

我与学军兄相知相识于20世纪80年代初期，那时他是教育局的大笔杆子，听说他刚从常乐中学调原中卫县教育局当秘书，时间不长，就以出手快、能吃苦，且颇具大家气度，深得领导器重。

随着时光的流逝，年轮的增加，我与自号为"香山居士"的学军兄，既为同道，又为好友。发展到后来，竟然有了"一日不见，如隔三秋"的感觉。他的秉性可概括为：随和大度、不拘小节，自强不息、笔耕不辍，既有兼收并蓄的胸襟，亦有坚韧不拔的气质。

读《香山情恋》，我们不难看出俞学军的三大本色：一是学养深厚，二是格调高雅，三是德行超群。

学养深厚。纵观全篇，上辑诗词58首，中辑赋联38篇（副），下辑文章21篇。加之其书画等雅好，横跨文人墨客艰难涉足的五大领域，虽艰辛却探索着，虽险峻却攀登着，虽苦楚却光鲜着。在漫漫人生路上，他的勤奋与汗水，执着与积淀，使他的才华极度扩延，最终取得了令世人赞许的业绩。

　　格调高雅。其书法，从"二王"入手，具有魏晋的风骨雅韵。其画尤以花鸟、山水见长，明朗清新。其诗大多是讲究音律平仄的古体。如《西江月·游腾格里湖》，又如《七律·新年即事》《甲子吟》。

　　德行超群。在我心中他是中卫自立县以来用全部心血建设家乡、赞美家乡的人。俗语道：一行抵万善。在《香山情恋》中出现最多的词句就是"香山""黄河""沙坡头"。在他的心中，中卫的山美、水美、人美，家乡的一草一木无不充盈着艺术之灵性；在他的引领与激发下，中卫的文人墨客急剧增加，"文化之乡"日渐名副其实。学军不仅是中卫文化的有功之人，更是中卫久负盛名的大德之人。

　　学军不仅在本色上堪称"中卫"乡土根脉，而且在灵性与敏捷上，也是与时俱进的骄子，极具挑战性。他曾讲的"巧伪不如拙诚""君子行如水，随方就圆，无处不自在"等古训，成为我一生最实用的训诫。记得早在20世纪90年代末，我与他争论中国农民富裕的根本出路，共同得出"富裕农民的根本出路在于减少和消灭农民"，折射出了固本强农的怜农情结。2000年，他从欧洲回来，多次深谈中西方文化之比较，提出了"法理精神""人文素养"和"社会管理"三点要向西方学习，极具逆向思辨精神。以上这些，竟与今天的社会大潮如此合拍……

　　常言道：道不同，不相为谋。俞学军无论是"学海为师""宦海为官"，还是"艺海为匠"，都以豁达的人格、谦逊的品行、刚毅的志向、细腻的情感、乐观的胸怀，成为中卫人仰视的风范。

　　古语道：文以载道，歌以咏志。他的《香山情恋》，想必是他心田上缓缓涌出的涓涓细流，让我们以敬畏之心、以立世之行，品之并笃行之。

于癸巳年仲夏

《似水流年》序

　　为"高山仰止,景行行止"的大师收官之作写序,实感不易。鉴于父、子两代人与校长的深情,又不能不写。

　　天柱校长因名师、名校长之由,半个世纪以来,就是中卫家喻户晓的名人。早在我上中学期间,父亲就多次回忆天柱老师:"为人耿直,爱好广博,教学严谨,平和仁善。"

　　天柱校长生于1931年1月,北京师范大学化学专科毕业,1949年3月从事教育工作至1993年离休。曾担任中卫简易师范副教导主任,中卫中学教导主任、副校长、校长等职,他把毕生精力奉献给了教育事业。在教育教学、教育管理、教育创新等方面成绩卓著。特别是担任中卫中学校长期间,每年向高等院校输送新生百余名,其中重点院校数十名;数年间考入清华、北大各有十余名,全国大部分名牌大学都有中卫中学的学生,成就博士四十余人、硕士近三百多人,堪称桃李满天下。

　　我与天柱校长曾是同行,但因种种原因,一直没有接触过。直到1984年我调入中卫三中后,在一次县级乒乓球赛中相遇,才真正认识。赛前,我想当然地认为,二十五岁的我对五十五岁的天柱校长,赢他必不在话下。不料比赛中我竟然一败涂地,其球速快、角度刁、搓球稳,使我难以招架。自此,闻名遐迩的天柱校长,在我眼中变得可信可敬。之后,随着工作岗位的变动,我们在一起参加过很多活动,情感在交往中逐渐增进。特别是2010年6月，首任中卫县教育科科长折廷章病逝，我想撰写关于他的文章，就请天柱校长帮忙搞点素材，不几天他就以《回忆乡贤折廷章》的文章向我"交差"。让我感到吃惊的是这哪里是素材，竟是一篇高质量的记事散文。我的拙作——中卫教育的根与土之四《廷章劫难》甚得其力。

天柱校长一生与教育结缘，深孚众望。年轻时期以教学见长，中年后以教育管理为主，中卫中学也因此显赫于宁夏，乃至国内教育界。天柱校长自1949年春从教以来，除两次因故调出，一生大部分时间都没有离开过教育界。1980年担任中卫中学副校长，1984年出任校长，在他严谨的、富于创见性的治理中，把一个被"文化大革命"破坏得不成样子的学校，提升为自治区的重点中学。1988年，被《教育科学》编辑部遴选为全国760所著名中学之一，载入《中国著名中学》一书。

他的办学思想是"全面发展、提高质量、多出人才、办出特色"，校训是"从严从细，求活求新"，办学理念是"成才教育和兴趣教学"。他提出的"培养兴趣、发展爱好、成人、成才、成龙"的育人构想，使学校的教学质量大幅提高。

所谓"成才教育"，即"立足于成人，致力于成才，着眼于成龙"。他认为初中、高中阶段的任务都是打好基础，高中毕业生如果升学，应能适应接受高等教育的学习任务而不感到困难；如果不能升学，无论参加何种生产劳动，都能把所学知识作为提高劳动效率的基本素质。普通中学应以学生成才为目的，而作为重点中学，理应尽量扩大成才面，促使一部分人出类拔萃，并最终成为专家、学者等。这可以算作是"成龙"，也有一小部分学生连成才也达不到，学校就应当协助家长完成其"成人"的基本愿望，成为遵纪守法、自食其力的社会公民。天柱校长管理中卫中学，就是按照这个思路实施的，最高愿望是"成龙"，最低要求是成人，基本任务则是成才。

所谓"兴趣教学"，就是鼓励学生"玩着学"。这是天柱校长教育思想的核心。对于"兴趣"和"玩"，他认为：一个高明的教师，应能使学生在兴趣的海洋里徜徉，以获得知识为满足，在学习上投入极大的精力而不知疲倦，使学生在学习上入迷。即玩为起点，学为终端，学中玩，玩中学。他常给教师和家长们说，不要把学生管死，要鼓励并指导他们去玩。通过玩，把德育、智育、体育和美育乃至劳动技术教育融为一体，使五育互相渗透、互为补充。

他认为"玩着学"可以充分调动学生的学习主动性，而培养兴趣则是一种催化剂。在这方面他有许多精辟论断，如"课题必须能吸引学生的注意力""课堂是严肃的，但必须也是活泼的"。他还指出，"只有严肃庄重与活泼有趣相结合，课堂才是有生命力的""讲经布道课与邀宠杂耍课都是不可取的"。人们常说，现在的学生学习负担过重，太苦了。天柱校长认为，我们为什么不能使他们变苦为乐呢？当学生对学习产生浓厚兴趣的时候，读教材就像看小说，搞科学实验就像玩电子游戏那样，全神贯注，兴致盎然，岂不事半功倍？所以他大力组织各类课外活动，做到内容丰富、活动经常，既促进了学习，又培养了人才。如学校的文学小组和器乐小组，已成为中卫中学的两大特色，至今虽换了数任校长，但这两项优势却始终保持着，成了传统优势。他所主张的"玩着学"，就是既能减轻学生课业负担，又能提高教育质量的好办法。

天柱校长是中卫知行合一的大德之人。常言道："一行抵万善"。天柱校长将"文化大革命"后期衰败的中卫中学引向辉煌，圆了多少父老乡亲"望子成龙、望女成凤"之梦，可谓光前裕后，令人钦佩。

他不仅有许多宝贵的治学管理经验，也爱好文学、体育和绘画，功底深厚。他的《似水流年》中，文学随笔12篇，可以说是匠心独运，篇篇精致。

一是题材广泛。从谈教学实践的《闲话课堂教学》到钻研新课题的《我与电脑》，从人评书评的喜读《沙坡头咏怀》《我看海原文学》《三位文学人物》，以及写已故夫人及老友的《我家的圣母玛丽亚》和《回忆乡贤折廷章》。

二是人格顽强。无论是身处动乱的两次人生劫难，还是病魔缠身的多次生命险关，他都逢凶化吉。他常常在无为中有为，如创新教具、改造粉笔，专攻化学却兼带数学、体育和美术，可谓跨学科触类旁通。特别是他古稀之后屡有作品发表，这些无一不是他顽强人格的验证。

三是语言凝练。如我读《本色人生》中："我也同意张贤亮的观点，把坏人比作畜类，其实是对畜类的不公。因为那些畜类，它们绝不会想到坏人竟有那些丑恶的伎俩而使它们自叹弗如的。"语言凝练且富有哲理。他精通音韵，遣词造句的语言能力极强。如他为范学灵《中卫文化纵横》所作的序《新时代的正气歌》中："乍一看，好家伙，洋洋洒洒，数十万言，近500页"。最为突出的是叙事与描写，朴实而精准。

四是思想博大。如他写的《奇石·奇书·奇人》篇中：我们尽可以设想"在一片只有黄河涛声与落日余晖相伴的地方，一个寻石探宝者，像佛家禅定似的，与石头为伍，像道家'人法地，地法天，天法道，道法自然'那样与石头对话"。又如《我读〈本色人生〉》中，他写道："献忠引用鲁迅的名言：捣鬼有术也有效，然而有限，以此成大事者古来无有。"

中卫人中行胜于言者少，尤其是"杖朝"之年有大作为者更少。天柱校长的《似水流年》心系桑梓，凝重深邃，想必是他厚积薄发、功到自然成的物质外壳，也是他才华与积淀、善行与大爱、乡情与壮志的着意镌刻。他对中卫人与事的深知卓见，热情有加的赞赏与褒奖，激情而不失客观的深刻评判，都难以掩饰他对中卫这片故土的深情挚爱。

中卫教育之泰斗李天柱，不仅以其教育家的风范令学子们爱戴，也以其学者的严谨令同行们肃然起敬，更以其崇高的人格、干练的作风、仁厚的品行和勤奋的精神，令中卫人仰目以视。在已知天年的日子里，他毅然笔耕不辍、思想练达、胸怀宏阔，真诚地以其行与言，阐释着有限生命历程的真正价值——人是可以这样活着的！

司马迁在《孔子世家》中赞道："高山仰止，景行行止。虽不能至，然心向往之。"我谨以崇敬之心，达恭祝之意。权为序。

于农历癸巳年十月

中卫沙坡头雪景

《沙坡头散文集》序

自从弃教从旅四年多来,沙坡头就成为自己魂牵梦绕的地方,是职责还是情结,大概兼而有之。

沙坡头沙河相依的绝世奇观,雄浑壮阔,令女人牵魂;钟灵毓秀,使男人震撼。难怪只要是到过沙坡头的人,无论古今,都一览无忘。

特别是从唐代大诗人王维到当代科学家竺可桢等古今文人墨客,他们的笔触,大到天一样的腾格里,如王维《使至塞上》的"大漠孤烟直,长河落日圆",小到南、北长滩的世外桃源,如王福中的"村落、水车、黄河"和本人:那水车,那梨花……

散文的特点是形散而神不散。从这个角度审视,沙坡头就是一篇充满诗情画意的散文诗。

最近因重做沙坡头规划,北京绿维景观的规划师们给我展示了一幅因特网上的全球地貌图,当定位展现沙坡头地域时,令人震撼。沙坡头由5600公里黄河一水中分,形成祁连余脉双狮山与腾格里沙漠形似神合的原生态太极图。黄河在这里拐了一个S形大弯,成为了双狮山与沙坡头这阴阳两鱼的分界线,如此逼真、如此大气、如此地阴阳相合。

散至千里的祁连山、腾格里,聚之一点的是双狮山和沙坡头。从内部结构来分析,也是地造天设、鬼斧神工。东西长700余公里的祁连山的余脉香山横亘黄河之阴,其余脉双狮山半岛隔河与4.3万平方公里的腾格里沙海的南端沙坡头百米沙山相守望,腾格里沙漠浩如烟海,在沙坡头地段头枕黄河，栖河而卧。按照俗理，河之南为阴，河之北为阳，沙与山色泽相对，刚柔相济、相生相克，这里黄河成了两极的分界线，这是天地巧成的巨大结点，这是何等的壮阔，何等的雄浑，又是何等的奇伟！

散至千里，聚之一点，何至于此啊！

据中卫香山居士张野称，沙坡头是黄河入川口，是黄河农耕文明的重要节点，白马拉缰的水利工程开启了黄河上自流灌溉的先河，母亲河哺育中华民族的真正意义在这里实现。

沙坡头也是农耕文明与游牧文化的冲撞点、融合与结合部。在沙坡头周边，有许多名称，可以看到，农耕文明与游牧文化的相互对峙。虽然使用着相互独立的字眼，但却表达了相辅相成的意思。从香岩山孟家湾山顶的烽燧到成吉思汗古渡……

沙坡头旅游景区全景

如：

沙陀头——沙坡头。

沙陀国——桂王城。

沙关驿——茶房庙。

买卖城——骚鞑子城。

除上述结点之外，沙坡头也是自然与自然、人与自然和谐相处的典范，是全球人地关系教育的示范点。半个世纪以来，沙坡头以防风固沙工程而闻名世界，五带一体的治沙壮举，成为世界防止荒漠化和兴利除害的样板，成为人类环境保护和战胜沙漠的一座丰碑。在这里黄河以百米沙山为岸，童家园子葳蕤的绿洲以百米沙山为邻，成千上万的游人顺着"沙坡鸣钟"的巨大沙流滑下，在特有的沙、河、山、园环境的作用下，在冷湿与暖湿气流的交替中，白天被滑下的沙子，晚上在河风和气流的双重作用下，又被逆向送回沙坡顶部，这种现象奇妙得令人们不可思议。

人们常说，沙坡头的沙子会唱歌，许多人一齐从百米沙山上滑下，就会产生钟鸣的声音，我们叫她"沙坡鸣钟"。至今很难讲清楚，她为什么会产生钟鸣的声音，大概就是古人讲的吧："非必丝与竹，山水有清音。"大概是这一大结点的核心体现吧！

散至千里，聚之一点。精、气、神的大结点，诗与画的情境长廊——沙坡头！

于丙戌年初夏

《香山行吟》序

　　学军先生的《香山行吟》即将出版了，作为《香山情恋》的姊妹篇，读之深感题材广、蕴涵深、格调高，令人可喜可贺！

　　《香山行吟》是一本以诗为主的韵文集，其中包括诗96首、词11首、赋3篇、楹联62副。从20世纪70年代《我是快乐的民办教师》至今年9月的《观郭琪豪画虎即兴》，历时四十年。可以说，这是一本乡情诗词集，真实记录了学军先生几十年来的风雨人生和故乡的巨大变迁，深深留下了中卫社会发展的历史印记。

　　诗以抒怀，歌以咏志。我读《香山行吟》其抒怀与咏志，主要体现在三个方面：

　　一是抒发了永不懈怠、奋发前行的进取精神。少年时代因"唯成分论"被迫回乡劳动，充满叛逆精神的他却以阳光心态对之，有诗为证："十六返乡受教育，发誓要做脱胎人。挥锄抡锹汗浃背，经冬历夏劳骨筋。乡村皆曰表现好，树为背叛一典型。"中年从政下煤井检查，不幸被塌方严重砸伤，但他并没有退缩，而是"大难不死志愈坚，事事争先节节攀"。老了退休后，仍然发出了"保持晚节兮不自傲，努力再绘夕阳红"，"愿学闫君退不休，老骥奋起嘶晚风"。

　　二是抒发了热爱家乡、赞美故土的壮怀。"仁者乐山，智者乐水"。在这本集子中，讴歌家乡、赞美山川美景的诗比比皆是，香山、黄河、水车、沙坡头、腾格里，以及六盘山、黄山、石林等都成了他借景抒情、托物言志的对象。在他的笔下，一山一水、一草一木都是灵物。有水车村诗句道："黄河有情，水车有意，是这方厚土养育了我和我的父兄，报效桑梓，献身教育我将奋斗不息。"

三是抒发了关心民间疾苦、替百姓鼓与呼的怜民情怀。这集中体现在学军先生的组诗《中卫竹枝词》中，描写的人物有香山瓜农、沙漠菜农、南关花农、采杞姑娘、环卫工人、失地农户等。如："青春城市靓似仙，全靠环卫净容颜。晨清夕扫何辛苦，薄酬养家使人怜。""村上领回征地款，长吁短叹不成眠。可怜咱的刮金板，换成小钱花几天？"心系黎民，拳拳之心，呼之欲出。此外，集子中还抒发了对艺术的敬畏、对师长的感恩、对时弊的鞭挞和对腐败的痛恨之情等。

中国的读书人，受儒家思想熏陶，出则入仕，心系苍生，入则安命，身居陋室，心忧天下，竭力追求"立德、立功、立言"的完美人生。学军先生也不例外，并身体力行，付诸实践。在立德立功方面，他以儒家"格物、修身、齐家、治国"的古训为信条，严于自律，克己奉公，堂堂正正做人，清清白白为官，老老实实干事，在文化、教育、旅游发展等方面作出了诸多贡献；在立言方面，主编了《文化明珠中卫》《中卫旅游》两本书，为宣传中卫、提高中卫的知名度发挥了作用。这几年赋闲仍老骥伏枥，笔耕不辍，先后出版了《俞学军书画集》《香山情恋》两本书画诗文集。

退而不休，老而弥坚，是学军先生最令人称道的方面。正如他在《西江月·三师堂遣怀》中写道："临帖攻书灯下，吟诗作画窗前……乘兴泼墨笑张颠，赢得掌声一片。"这是何等快活、何等洒脱的场面啊！这同那些怨天尤人、悲命惜财、牢骚满腹者形成了鲜明的对照。

《香山行吟》的出版，或许是一种昭示和启迪：人的难能可贵在于无为中的有为,"停车坐爱枫林晚,霜叶红于二月花"是一种生活态度,"老夫喜作黄昏颂,满目青山夕照明"更是一种处事境界。

学军的《香山行吟》,想必是他崇尚故土之心田里缓缓涌出的涓涓细流,让我们以敬畏之心、立世之行,品之并笃行之。

于甲子年初夏

中卫市沙坡头区——北长滩

《大地歌吟》序

怀定兄的诗词集《大地歌吟》即将付梓，这是中卫人引以为荣和值得庆贺的喜事。在古人看来，一个人一生中要先立德、立功，而后才能立言。立言是一个人人生中的大事，非依德行修为学养不可。花甲重开的怀定，做了近二十年的教书匠，后又到乡镇从事宣传、广播、文化、农税、综治工作，直到退休。几十年里，工作上认真本分，恪尽职守；做人上拙诚坦荡，厚重质朴；学问上谦和进取，主攻格律，慢功细做。此外，在音乐、舞台艺术创作上也成绩不菲。读他的诗词曲赋，让人深感内容丰富庞杂，情感真挚细腻，观察细微透彻，言词贴切生动。怀定热爱生活，酷爱文学艺术，这种情入骨髓的潜心追逐，随着光阴流逝便沉淀为深厚造诣，一路走来，吟哦不绝，耳目所到，笔耕不辍，犹如山花，在秀色无边的暮春时节，终于满山绽放，成为人生路上的一道风景。

诗词曲赋因形式的局限、格律的约束，在文学创作的星空中，使许多爱好者喜而却步，使得这一传统体裁趋于冷寂。志趣的刚毅与高雅，决定着孤独中坚守的可贵，正是这种创作上的冷寂和孤苦使他理性而不盲从、沉静而不浮躁、艺术而不功利地徜徉在诗词曲赋的园地里默默耕耘着。他在平仄上寻趣，在格律中注情，在辞海里推敲，在韵辙间萃取。他追求意境的高邈与视野的宽阔，将内容的丰富与形式的完美融为一体。他勤于观察和思考，把祖国的壮美河山、家乡的巨大变迁、人生的感悟体察，都纳入视野，该咏赞的咏赞，该挞伐的挞伐，是非善恶，毫不含糊。

怀定的诗词曲赋是"文以载道"的新标杆。凡是他足迹到过的地方，都有诗作留下，如《旅途撷英》一辑，就记录和咏赞了祖国壮美山河，匠心而诗意地向读者传达自己的游历和观感。在《家乡倩影》一辑，他以见闻与感受，深情地讴歌了家乡的风光美景、建设变化。这种浓得化不开的情结，涌作一行行诗句，如珍珠落玉盘一般回响在读者的耳畔。如《种瓜》："一渠河水几池清，香山人家种瓜勤。岁秋远望坡与梁，遍地金蛋笑声中。"这种乡土气息浓郁、站在大地上用心歌咏的诗作在书中比比皆是。如《沙坡头》（二）："翠绿蒿花竞相开，黄河音律响节拍。沙坡四季吐葩艳，引得游客纷沓来。"诗中黄沙之上的青蒿，沙河相依的绝世意境，都跃然眼前，令人遐想不已，然后"引得游客纷沓来"。诗平起仄收，抑扬顿挫，节奏鲜明，朗朗上口。

怀定的诗词曲赋是"灵与肉"的混合体。"诗言志"，就是诗人把灵魂深处的东西，用自己的所感所悟，用"大我"的视野、胸襟和体验，给读者以精神上的引领，而后产生心灵上的共鸣。如他的《无题》："功名利禄脑后抛，生死平等总难逃。衰年顺耳少多虑，歌韵诗赋胜酒肴。"就是"灵与肉"的结合，是魂魄，也是精神。"心忧天下"是一个诗人的情怀，也是气质，只有具备了这样的情怀和气质，诗作大概才会有艺术格调与社会质量。

怀定的诗词曲赋是时代的正气歌。综观怀定的《大地歌吟》，他摒弃了"小我"意识，以"大我"的胸怀，直面人生，以个体的正气，艺术地传输着时代的正能量。如《斥责毁林者》一诗："杨柳百尺接天高，密伴河堤作古交。只望枝叶千载茂，谁将刀斧一齐抛。旷野不见雀燕影，独木无靠风雨啸。"诗中饱含深情，把河堤杨柳遭刀斧砍伐，鸟雀失去家园的无奈惨景写得淋漓尽致，读后让人顿生怜惜。尤其"最苦早间飞去鹊，晚归难觅旧时巢"，早上出去时窝巢还在，晚上归来巢就找不到了，看似心忧杨柳与鸟雀的生存状况，但深层关注的是生态环境的大破坏。

或许，在中卫乃至宁夏文学圈子里，怀定不是最扎眼的一个，但以《大地歌吟》作证，他绝对是极有深度的一个。怀定生于斯长于斯，对养育他的中卫这片故土有着真挚的感情。《家乡倩影》一辑，倾注的就是他对家乡的深情。中卫旅游资源丰富，景观禀赋独特，古老的大漠黄河与独特的人文文化交相辉映，既有塞上江南的纤细秀丽，又有大漠浩瀚的粗犷辽阔，尤其是沙坡头麦草方格治沙享誉世界。我在教育、财政和旅游界工作多年，与怀定神交已久，有理由坚信，怀定倾注大半生心血打磨的这部作品，不仅极大地满足旅游者猎奇猎新的审美需求，也将对于我们创建"全域旅游示范城市"，在更大跨度上多渠道宣传展示推广中卫，乃至传承中卫人文精神大有裨益。

《大地歌吟》犹如膏粱厚味、陈年老酒，让我们细心咀嚼之、用心品味之。

怀定兄嘱我为书作序，情谊难舍，欣然从命。

是为序。

于丙申年冬月

《中职艺苑》寄语

在秋色浓重的塞上十月，适逢中卫职业技术学校落成一周年之际，《中职艺苑》诞生了，虽为幼苗，但深觉可庆可贺！

如同凝精聚萃编写校园文化读本《我们的校园》一样，创办一份具有职业教育特色的校报，为广大师生提供长久展示才艺的平台，一直是我的一个愿望。作为城市的一所重要学校，文化的坐标应是三维的，文化的韵律应是充满动感的，文化的基调应是贴近师生的，文化的导向应是百花齐放的，《中职艺苑》正是顺应了"相互激励，和谐共进"的文化理念而为师生创造文化、展示自我打造的一个崭新平台。

将校报定名为《中职艺苑》，单就一个"艺"字而言，其内涵是丰富而深刻的，它不仅包含我对"艺"的一般性理解——"文学艺术"，还包含了职业教育师生独有的"专业技艺"。这是对中国文化概念的一种拓展，也是体现着力打造一个能长远展示职教文化成果平台的初衷。

对于办好这份校报，我是满怀期望和信心的，因为我们有砥砺精品文化的目标作为引领，有极富创造精神的师生做支撑。我相信，在中职校园的沃野里，"中职艺苑"这棵幼苗定会长成参天大树。

最后，愿全体编校人员投入十二分的热情，将《中职艺苑》办成师生提升文化品位的精神园地、展示才华技艺的广阔舞台，并力争将它打磨成中卫职业技术学校对内对外交流的一张耀眼的名片！

于己丑年秋

《我们的校园》序

中卫职业技术学校《我们的校园》文化读本即将付梓，思虑再三，有三点值得首肯：一是作为一所学校，专门编写一本校园文化教材，将文化建设放在如此突出的地位，这在一般学校是少有的；二是我们举全校之力，集师生之智，在新创建学校短短两年里，编写出这样一本校园文化教育读本，实属不易；三是打造百年名校，砥砺精品文化的目标和精神令人感动与鼓舞。

事因难能，所以可贵！学校是传统文化传承的主阵地，也是新文化元素滋生的土壤，缺少了与其培养的理论体系、人才目标相一致的特色文化的学校，是没有灵魂的学校。没有灵魂的学校难以形成师生共同的愿景，难以培养出具有良好品格和高尚灵魂的人才，更难以积蓄可持续发展的后劲。在这一点上，作为校长，深感学校文化的重要，对持续积淀和引领师生奔向"创办区域一流职校"具有昭示作用。当前，我们倡导学校要由外延发展向内涵发展转变，其目的就是要为学校发展指明一个方向，要在规模适度扩张和办学条件全面改善的基础上，高度重视教育教学质量的提升，高度重视学校内部育人环境的打造。教育一定要杜绝浮躁，一定要秉持厚重，要做到这一点，非以浓厚的文化氛围做依托不可。因此，打造极具特色的校园文化，应成为每一个办学者深入思考和积极探索的问题，也值得我们将其作为一个重大的教育课题去加以研究。

职业技术学校的校园文化，以职业教育理论为根脉，以职业教育实践和价值取向为引导，将古今、中西文化熔为一炉，内容丰富，自成体系，具有可读性、实用性和教育性。她汇集了各级领导和全校师生们的心血与智慧。时间虽短，但开了一个好头，并迈出了可喜的一步，其意义是重大而深远的。作为校园文化，需要积淀，需要传承，更需要在更大的空间里去延展和创造。

职业技术学校的文化建设就很好地体现了这一点。同时，我想，职业技术学校的文化读本向外界传递的应不仅是一种文化的表象，透过这个读本，更应让社会各界感悟我们打造百年名校的理想和信念。

诚然，中卫职业技术学校还处于初创阶段，校园文化建设任重道远，作为校本教材的内容还需进一步充实和完善。但我相信，文化的力量是巨大而永恒的，有了不甘平庸、不愿趋同、追求卓越的精神，中卫职业技术学校的文化建设一定会绽放出更加美丽的奇葩，在她的昭示和涵养下，中卫职业技术学校在技能型人才培养方面，一定会结出丰硕的成果！

于庚寅年仲夏

《我们的校园》跋

历经两年多时间，中卫职业技术学校校园文化读本终于初成了，掩卷之余，感慨良多。作为中卫职业技术学校校长和本书的编者，就校园文化对学校长远发展的重要性和对师生的熏陶教化之功，我是有着比较深刻的理解和认识的，这就是着力创意和打造极具职业教育个性特征的校园文化的同时，凝心聚智、提炼精华编撰这样一本校园文化读本的初衷。我希望：我们的师生通过这本书，能透析到校园文化的根脉，体悟到文化创设者的匠心独运和苦心孤诣，继而在这种独特的文化精神感动中和滋养下健康成长、和谐发展；同时希望通过这本书，就我们关于校园文化建设所做的探索和创造做一小结，并在职教行列加以展示；也希望各级领导、社会各界通过这本书，对我校的校情和我们打造百年名校的奋斗目标有一个了解，从而给予我们更多的关心和支持，让我们跨越发展的信心更足、步子更大。

如同建设这所学校一样，编撰这本文化读本，浸润了许多人的心血、汗水和智慧，也得到了市教育局和学校各科室（部）的大力支持，尤其是市教育局领导，在百忙之中关注并鼓励本书创编。在此，谨代表编委会致以真诚的谢意！

限于编者的经验和学识所限，加之无可资借鉴的范本，定然存在一些疏漏和不足，恳望不吝指正。

于庚寅年仲夏

卡博·寄语

　　我叫"卡博","细无声"是我娇小、柔绵、惠泽的身形和博杂深邃的意蕴。小瞧我,就是蔑视自己。政办赋予我以卡的形式,承载"时政、法制、科技、文学、哲学、史地"等多板块的内容;我崇尚着"随风潜入夜,润物细无声"的境界;我梦想着实现"搭建平台、方便学习、增长知识、促进工作"的目标。

　　春天是播撒收获的季节!请欣赏我、喜欢我吧!让我们相得益彰、与时俱进,一起迎接灿烂美好的明天!

于辛卯年十月

中卫市沙坡头区——南长滩一隅

"微论坛"寄语

"微论坛"是宁夏沙坡头旅游经济开发试验区创办的一个学习、探讨、交流和互动的不定期微信、网络论坛，定期双月刊。其目的是搭建方便学习、增长知识、利于交流、促进工作的平台，将旅游知识、创新争鸣、发展动态等融为一体，承载旅游人探索、进取、笃行、飞扬的梦想。

之所以创办这样的多渠道传播的论坛性刊物，是想为开发试验区旅游企业、广大干部职工创设一个思想交流互动的舞台，为管理层和社会各界提供"头脑风暴"的载体，共同迎接时代、体制和使命的挑战。在泛旅游和全域旅游时代，游客与旅游形态急剧蜕变，我们越来越难以确定"谁是游客"，因为每个人都可以成为游客；难以区分游客的活动内容，因为旅游活动已处于无限活动之中；难以划分市民与游客活动的空间，因为城市、乡村都会成为共享的全景空间；我们难以用单一的消费内容满足游客，因为需要更加泛化的旅游主体产业和服务体系来满足游客的个性化需求。因此，创设"微论坛"，就是让我们以它为知识窗，及时领悟浅易而丰富、博杂而深邃的旅游文化；就是以它为开发试验的探索园地，在与时俱进和相互激励中，不断迸发创新互动的激情。

秋天是收获的季节！让我们在"微论坛"的引领下，在浩瀚的知识海洋里，在开发试验区奋力拓展的征程中，一起迎接宁夏沙坡头旅游经济开发试验区灿烂美好的明天！

于甲午年秋

岁月放歌

跨越的历程

张怀玉　刘林森

北国的雪即将飘去最后一场寒意
当大漠的沙即将脱去厚重的冰雪外衣
滔滔的黄河水啊！融化着冰凌
又唱响了新年的赞歌

岁月转动着历史的车轮
时光燃烧着青春的激情
中卫职业技术学校啊
你承载了太多的期望
让我们穿过时空的隧道
沿着你走过的足迹
浏览你发展的历程

一

难忘啊！公元 2008 年 4 月 18 日
当清明的春雨轻轻洒过
当寒冰料峭的大地刚刚苏醒
古城的西边响起了第一声春雷

奠基的礼炮打破了沉睡的宁静

那是一个多么难忘的日子啊
彩旗飘飘，锣鼓声声，狮跃龙腾……
从此，这里热火朝天，机声轰鸣
从此，这里建筑群起，气势恢宏
中卫职业技术学校年轻的生命，在这里诞生

几十个承建商承揽了建筑、装备、绿化的重任
千百名各类技师肩负着历史赋予的使命
工地上处处是运料的卡车、吊车
沙石、水泥、钢筋……
人群中处处穿梭着开拓者矫健的身影……
高楼夯实了基础
一层，一层，又一层……
然而，资金紧缺、佣工困乏
卷扬机随时都有停工的可能
然而，市委、政府已下达了竣工指令
"3800万，年内完工！"

在复杂的冲突中突破重点
在希望与无望中争取资金
我们的开拓者呵，以无畏的气概
实践着"两情"作风
奔波在区、市政府之间，周旋于国家部门

为工程的推进提供了保证

工期紧迫，速度就是命令
奋斗在工地上昼夜苦干的建设者们
在炎炎的烈日下汗流浃背
晒黑的皮肤脱掉了一层一层
在凛冽的隆冬中顶着寒风
满腔的豪情融化了北国的坚冰
职校精神便从此时奠定

岁月刻下了奋进的执着
历史炳照着跨越的艰辛
楼群一天天变换着雄壮的英姿
建设者时时挥洒着智慧的才情
职校工程的进展啊
成为中卫发展速度与节奏的象征

送走了酷暑，越过了寒冬
当春风度过玉门关的时候
一幢幢橘红纯白的楼群靓丽地矗立在人们的视野之中
错落有致、气势恢宏
红楼碧草、清爽鲜明
难忘啊，2009年5月4日清晨
师生们兴高采烈，背着书包，拉着设备桌凳
浩浩荡荡，满面春风

迁入新学校，走进了新环境……
五星红旗在五千多名师生的注目下升上天空

历史啊，从此翻开了崭新一页
职业教育实现了量的突变与飞腾
"砺桥"直白着学艺的急迫
"通衢"隐喻着窄小与宽阔的人生
疏导之功在人才培养上彰显
技能之路啊，改变着学子们的命运
来了，三百名年轻教师为职教注入了活力
来了，五千多名学子汇集成职校的滚滚大军
百年名校，从这里启程

二

沙坡头创造了世界的奇迹
胜金关遗留了千年的名胜
中卫职业技术学校啊
积淀着古今文化的厚重
师生们实践着科学发展观
在历史的潮流中相互激励、和谐共进
品位是这样得高雅
蕴涵是那么得厚重
硬化、净化、绿化、美化工程的建设
营造了师生们优雅的工作学习环境
自然景观与人文精神的交融
陶冶着中职生成为合格公民的品质和性情

五区相对分割而又有机连接的完美
山湖亭与微地疏林的和谐映衬
乔草灌的结合与廊桥碑石的文化点缀
揽秀亭的中卫古景和慧中亭的思悟觉智
彰显了职苑独有的特色和现代文明
昭示着中西合璧、古今一体、与时俱进的精神

难忘啊，2009年10月20日这个光辉的日子
彩旗招展，鞭炮轰鸣，山欢水笑，塞上同庆
人们奔走相告着佳音喜讯
中卫职业技术学校落成庆典今天举行
当自治区主席、中卫市市长、教育局局长的声音在会场上响起
我们啊，激情奔流，热血沸腾

大气的规划，独特的创意
令来宾们留恋、注目
宏大的场面、热烈的气氛
引发了参观者的激情
先进的实训设备、专注技能的操演
赢得了上级领导的赞誉
呈园林特色、泛诗情画意的校园
受到了社会各界的赞许

成就激励着改革的脚步
历史记下了瞬间的永恒

技能强校，道远任重……
在关键的时候，我们
一次次学习科教兴国的理论
一遍遍领悟科学发展观的蕴涵……

多少人倾注了智慧和汗水
多少人凝聚了奉献和真情
多少个不眠的夜晚啊
留下了奋战者工作的身影
多少个寒冷的清晨啊
书写着开拓者拼搏的精神

发展趋向时代的完美
改革奏响世纪的强音
学部制管理体系固化了教育教学的模式
学分制实施彰显了开放办学的灵动
一手抓基建，一手抓管理
我们实现了建设与教学的两促进

三

曾记得
军训的英姿展示了中职生的风采
太极的阵容成为职校独特的风景
三十多个兴趣小组啊
融合了全体教职工望生成龙的真情
以"宁山"砺志，用"镜湖"自省

我们领悟着闪耀凯兴斯泰纳思想光芒的办学理念
铭记"明德精艺、砺志笃学"的校训

这里电花朵朵，机声轰轰
这里专业见长，技能称雄
"注重实践，突出技能"
实训基地成了职校靓丽的风景
实训车间和实验实训室啊
还原了职业教育的本真
让学生真正学到了本领

一批批青年教师到技术学院学习
一队队骨干教师到外地取经
走出去，引进来，把知识转为技能
我们正建设着一支"双师型"教师队伍
我们正探索着培养工农商旅新人才的路径
日月可鉴，青山作证

校园展示着科学发展的美丽
楼群承载着文化内涵的厚重
诗意无法浓缩跨越的步伐
歌喉无法张扬奋进的艰辛
无时不考验着我们的雄关漫道啊
要我们踏着时代的节拍
同心同德，携手前进

当祝福的短信纷至沓来
当新年的钟声随歌飘扬
职校啊，让我们把激昂的音符镶嵌在你的身上
职校呵，让我们记住那些为你添砖加瓦的人们
让镜头留下创业者艰难的足迹
让历史记住这跨越发展的历程

岁月如歌，汗水谱著
人生如诗，智慧凝句
努力奋进吧，亲爱的同仁伙伴
为曾经拥有的荣誉和责任
为打造职教百年名校光辉的品牌
为创建中卫技能人才辈出的平台
让我们踩着时代的旋律，张扬开拓者的激情
以只争朝夕的精神，着力挥洒我们奉献的青春

于己丑年冬月

中卫市职业技术学校——雪景

沙坡头——心灵的驿站

沙坡头
你是我心灵的驿站
你处于，苍茫壮阔
原始浩瀚的腾格里
大盛魁的驼队
曾从这里穿越

闲暇时，我会光着脚丫
在你柔绵的沙里徜徉
至晚，凝视灿烂星空
耳边，似乎还听得见
那悠悠的驼铃
但眼前，早已不见了
大漠的孤烟

麦草方格
创造了铁龙越沙的
世界奇迹

羊皮筏子
漂荡在美丽的
母亲河上
多情浪花
打湿了我的衣襟
来自远方的游客
在波峰浪尖上歌唱
古老的水车啊
终年守望着
长河的落日

白马拉缰
那是中卫
古老的"都江堰"
它开启了
自流灌溉的
农耕先河

啊！沙坡头
我的眷恋
我精神的温馨家园
我心灵的驿站

于丁亥年初夏

寺口子的呼唤

一

轻轻地拂去岁月的尘埃
一层层揭开记忆的帷幔
沐浴着又一个春日的暖阳
我再次走近这魂牵梦绕的神秘大山
望着灰红相间绵延天际的峰峦
耳畔仿佛传来大峡谷悠远的呼唤

中卫市寺口子景区——生命树

二

此刻，我的思绪啊久久停泊在这里
这里是"天柱折，地维绝"的大地裂隙
这里是苏武牧羊的栖身遗址
这里是杨六郎兵马跑过的关隘要地
这里是祁连山孕育出的大地奇迹
这里难道不能成为名闻遐迩的游览景区

三

这里还流传许多动人的传言
相传很久以前有个赤脚大仙
恨山无路踹岩开道
足印深深留在了沟谷石岩
吕洞宾也曾到此寻觅丹材石药
长剑劈山留下剑壁耸立千年

四

苏武牧羊的传说啊——
也已沉淀为遥远的历史
在丹霞山西麓的岩壁
却遗留着忠臣栖身的石窟
冷月孤灯炳照过他的忠贞不屈
冰霜雨雪愈显他铮铮铁骨

五

寺口子的地貌神奇而又丰富
寺口子的传说悲壮而又美丽
站在天景山的峰顶远眺

大麦地栩栩如生的岩画依然在目
大胜魁的驼队似乎还在漂泊
蹒跚跋涉慢慢远去……

六

从张骞出使到王维路过
从李元昊逞强到成吉思汗崛起大漠
我们仿佛看见
在丝绸之路北道的结点上
马帮驼队、军旅商贾、战乱烽火……
寺口子历经沧桑却愈显风骨卓越

七

如果你愿意——
就请到苏武断桥上目睹岁月沧桑
请到生命树下去感慨根的顽强
请到洞天半月里静思古今星月的变动
请到情人石边去凝听地老天荒的外传
也许你能以"黄粱"觉醒后的明白
记住大山的启迪把微笑写在脸上

八

往事如烟无暇追忆
而今正续写新的故事
从攀爬小路到云汉天渡
从石阶护栏到绝壁铁梯
要把浓重的人文春意
洒满寺口子的巅峰谷底

九

我敬佩开拓者的胆识与气概

吴自升先生给我们留下了——

沉思、遐想与期待

"天渡"索桥上惊魂乍定的回眸

也许饱含着游人的赞叹

时代需要热血沸腾和激情澎湃

十

寺口子在呼唤——

那是梦的呼唤

是壮志凌云的呼唤

是大智大勇的呼唤

是造福子孙后代的呼唤

是面向四面八方的呼唤

是敞开胸襟的真诚呼唤——

十一

来吧，朋友

让我们以赤脚大仙踢山的气概

以苏武持节的忠诚和豪迈

以吴自升旅游修行的宏图大志

以稀有灌木枸子的顽强生命力

以堪当重任的伟大胸怀

谱一曲华章，使寺口因旅游而兴旺

绘一幅画卷，让中卫因旅游而辉煌

于丁亥年仲秋

中卫三字经

王开选　刘林森

一

俺中卫，镇边陲，文厚重，史悠远
南崇吾，称香岩，炎黄祖，猎其间
古北海，水泛滥，大禹治，历九载
腾格里，沙无际，茶坊庙，古丝路
牛首山，立河边，营盘水，大军屯
滥觞期，羌戎居，半农耕，亦游牧
秦统一，建置归，属版图，北地郡
汉朐卷，唐丰安，曾一度，没吐蕃
宋灵州，征战多，应吉里，西夏国
元应理，明建卫，至大清，名方显
地灵杰，人物多，文化邦，声名鹊

二

周王穆，好游弋，驾六骥，会王母
秦蒙恬，固关塞，筑城垣，史记载
卫青勇，边患清，霍去病，建奇功

晋胡烈，性刚毅，征边塞，亡万斛
汉苏武，北海牧，寺口子，有遗迹
明皇子，庆王柄，宦刘成，陵孝川
常遇春，功盖世，北湖村，留后裔
李文忠，功劳殊，后辈孙，存遗物
明杨忠，性忠勇，拒兵变，热血涌
俞益谟，官提督，靖三桂，清名树
黄举人，公车书，有壮举，留青史
黄恩锡，卫宰邑，勤民政，修史志
张继美，刘端甫，举新学，启乡梓
梁振邦，冯建中，组乡勇，保安宁
孟长有，冯中江，为民族，奉忠肠
李天柱，育桃李，麦天枢，秉笔书
俞大鹏，国精英，张保和，是笑星

三

众英模，不胜数，为家国，取大义
我中卫，居前套，冠西北，方物好
五宝首，红枸杞，中宁县，原产地
硒砂瓜，石缝生，供奥运，皆传颂
质数米，营养富，微元素，人称奇
古酒乡，酿漠贝，宁夏红，声名扬
鸽子鱼，世珍稀，供朝廷，帝唏嘘
山花儿，是奇葩，即兴漫，抒情话
滩羊裘，世间宝，九道弯，轻软适
头发菜，是珍馐，野地软，抗癌瘤

金铜铁，碱硝硒，石膏丰，储量足
军屯地，多迁居，土小吃，独一帜
稻粟米，细烹制，家常味，讲厨艺
蒿子面，坛子炖，旋粉皮，素杂烩
羊杂碎，蛋醪酒，拉皮条，顶砖头
味道美，香四溢，官下马，民驻足
日照足，瓜果鲜，桃儿大，杏儿甜
香水梨，是极品。长滩枣，出深闺

四

要说牛，是旅游，山川美，甲雍州
高禀赋，世界级，深内涵，大颜值
大漠情，黄河魂，孤烟直，落日圆
古码头，黄河渡，水旱通，传讯息
沙坡头，人称奇，五A级，沙河依
险幽奇，是寺口，两地貌，各千秋
金沙岛，多奇妙，住木屋，紫香绕
大麦地，古岩画，三万幅，惊天下
古长城，秦汉明，老水车，浇田垄
入川口，蜘蛛渠，马拉缰，沃膏腴
买卖城，军屯居，月老庙，财神依
金沙海，有古堡，太空针，看日出
长流水，溯史前，连河西，丝路远
古高庙，三教一，斗勾心，拱锁柱
黄河宫，蕴文化，大河舞，绣中华
天都山，有传奇，李元昊，曾驻跸

175

车门沟，休闲娱，品美味，功夫驴
长山头，游天池，潘家营，乐民宿

五

新时代，新气派，新中卫，新业态
云基地，大数据，亚马逊，网世界
依荒漠，宁钢起，飞机场，高铁站
建职校，培工匠，兴学府，宁大创
治沙事，震寰宇，草方格，世瞩目
工业游，显倪端，乡村游，兴未艾
民俗兴，古城茸，全域游，目的地
品牌响，环境优，宜创业，宜旅游
城市美，乡村靓，克论净，卫独创
至今朝，奋争先，弯道急，勇往前

中卫鼓楼夜景

感言与铭文

职校楼体色彩感言

中卫职业技术学校楼体色彩以橘红为主题，配饰纯白为线条。橘红是未来小康社会和温馨生活的象征色彩，又是20世纪五六十年代世界心理与色彩学者们倡导的学院主体色彩，代表着生机、活力与青春。据统计，世界上凡改用橘色调的高等学府，学生犯罪率减少，因为橘红能褒扬与激发人的正面和向上情绪。

在传统哲学观念中，白色代表着叛逆，不为正统所容。"中庸之道"极为排斥白色，极力张扬代表天空的"苍茫"与"灰白"色调。现代欧美文化中极力推崇白色，当今国人也以白色为时尚颜色，成为独树一帜的学院气息的色调。在现代设计中，纯白代表着纯正、清雅与靓丽，象征着精致、圣洁、庄严。橘红与纯白色互相交织、映衬，彰显了职业技术学校和谐优雅、昂扬奋发的特征。

于辛卯年初夏

中卫市职业技术学校——镜湖

职业教育感言

一

我们要以永不衰竭的热情和不断迸发的激情，用十二分的真诚帮助每位学生健康成长。用博爱之行，引领他们穿越技能的璀璨长廊；用才艺之斧，另辟登堂入室的条条坦途。

二

每个人无论逆境还是顺境，无论光彩还是暗淡，无论有为还是无为，都要在人生的荒原上留下自己坚定而清晰的脚印！

于辛卯年初夏

中卫市职业技术学校——通衢石桥

感言与铭文 ▶

校长感言

　　校长是学校的灵魂，身负民族与国家兴衰的重任，是社会生活中超越一般道德标准的大德之人。优秀校长将爱与希望、引领与教化、激励与督导融为一体，创设无处不在的育人环境和教育情节，促使学生在自主认知中，在信赖与奋发中，不失个性地接近价值目标，从而使受教育者实现个人、家庭、学校和社会的一般理想！

于丁亥年初春

秘书长感言

　　秘书长无疑是重要的角色，他既是夹缝中的人，也是事权与责权不统一的职位；他既是高效率的执行者，又是弥补断档和圆通上下左右的契和者。这个岗位：需要对事理的基本明晰，对主政者决策导向的基本认同，是对上的高度默契和对下的适时沟通。

于壬辰年暮春

做事感言

  做正确的事和正确地做事不是空话，是吃透立地优势与洞悉事理本质的科学，是决策者高远的视野与切实的谋划，参与者执着的探索与竭诚的实干，也是变化中对正确的坚守，孤独中对灵魂的忠诚，更是同行者无畏直言与主事者开怀纳谏的协奏。

于壬辰年仲夏

政务大厅感言

  这是一个极其特殊的大厅，背负着"简政放权、人民至上"的信念，承载着"千头万绪、服务民生"的重任。她没有诗歌的和谐韵律，却有着长久而深邃的温情与炽热——解难释惑、便利高效、一次办结；她也没有音乐的强大与震撼，但却有着华彩乐章没有的凝固与协奏——以人为本、微笑服务、阳光审批。

  同样是大厅（庭）广众，这里有着矛盾中的碰撞，重复中的个性，深层次的默契，也有着目标一致的期许与梦想！

于丁亥年冬

通湖酒文化感言

感知和体验多元文化的愉悦心境，
感受强大音乐的震撼与激励，
伴随着入乡随俗的文化认同，
沉浸于异域民俗的神秘风情。
众目睽睽之下的人格与精神审视——
自尊、担当和勇气，
异性面前的原始秉性和直观效应！
情绪化的环境——
大漠苍穹、草原敖包。
情感化的自我——
身心融入、激越飘逸。
炽热而酣畅的意境催化！

于甲申年仲夏

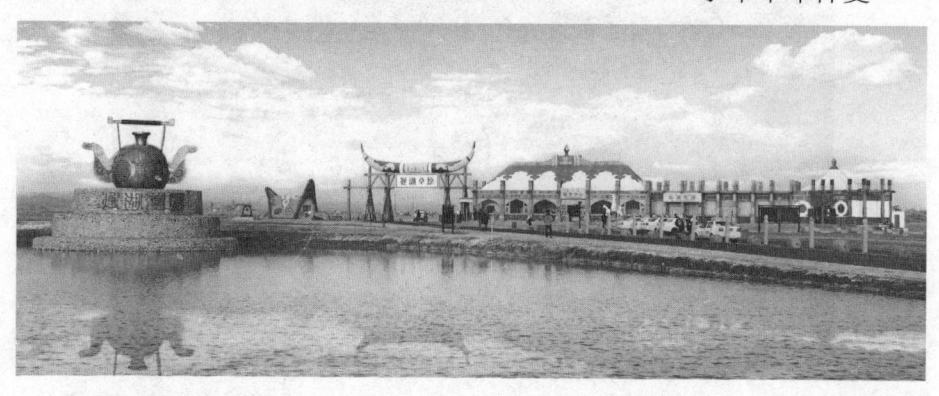

通湖草原仪门

政办档案感言

这里凝聚着我们许多难忘的瞬间,
镌刻着中卫人勤勉践行的足迹。
它不仅真实地记录着昨天我们探索、攀登的艰辛,
也向明天彰显着我们集体蓬勃奋发的英姿!

于壬辰年冬月

中卫市沙坡头区南长滩——梨园

感言与铭文▶

职校建校碑记

　　中卫职业技术学校兴建于二〇〇八年四月，翌年五月建成。占地五百零六亩，建筑八万平方米，斥资近两亿。盛世建校，上应政令，下顺民心，皆市委、政府全力推进、八方鼎力相助之绩也。

　　校园山湖相间而为办公、教学、实训、生活、运动之五区。红楼碧草，湖光山色，错落有致，气势恢宏。呈园林特色，泛诗情画意。采胜地之灵气，聚莘莘之学子，开启百工训导之所在，造就实用技能之人才，实为重职教而兴实业之根本。利惠当代，功垂百世。谨以石铭之。

于己丑年八月

中卫市职业技术学校——建校碑石

办学理念碑记

　　以促进国家（地区）经济发展、社会和谐安宁、个体自身幸福和服务于现代化建设为目标，努力把学校打造成培养身心都得到全面发展的具有职业能力、职业道德和社会道德的高质量生产力的场所，使之成为地区乃至国家生产力机器。

于己丑年初夏

中卫市职业技术学校——办学理念碑

校训碑记

"明德"：治学育人，道德立身。学校是育人之所，做人以德为先，以高尚道德承载重任。注重师德，才能培养品德良好的学生。优秀的品德是师生共同的思想境界和精神追求。

"精艺"：学贵专精，技求精湛。培养学生专业技能是职业教育的根本要求，学生以精湛的专业技能，才能以技立身，教师以自身精准的专业素养培养学生。

"砺志"：磨砺意志，知难而进。师生要志存高远，在学习实践中经受更多的磨炼，要有坚忍不拔的意志，在实现人生价值的艰难过程中要不畏挫折，志向坚定，最终成才。

"笃学"：修养践行，知行合一。做事不能流于浅尝辄止、急功近利和粗疏浮躁，而应有博大的胸怀和持之以恒的志向。道德、理想和学识都要身体力行，历久求索，用知识创造未来。

于己丑年秋

劝学长廊碑记

　　古人云：学高为师，身正为范。战国时期的思想家、教育家荀子，其《劝学篇》喻理于事，旁博引征，说理透辟，结构严谨。以百工常识明理，用物化法则言志。

　　百米长廊，镌非鸿篇。游弋其中，凝神细思，不求满腹经纶，学富五车，只为一技在身，立足于世。巧思多练，事必躬亲，方能事半功倍；驻足旁观，好逸恶劳，最终半途而废。

　　知学知行易，求道精业难。"合抱之木，始于毫末；九层之台，起于累土；千里之行，始于足下。"大江奔流，汗水自能浪遏飞舟；路途坎坷，技艺自能披荆斩棘。身怀一技，方能大浪淘沙。

　　一粥一饭当思来之不易，半丝半缕恒念物力维艰。如果你能成功地选择劳动，并把自己的全部精神灌注到它里面去，那么幸福就会找到你。

　　用扎实的脚步丈量每一寸梦想，青春的笑靥就在这脚印里闪光！

于庚寅年初仲秋

中卫市职业技术学校——劝学长廊

宁山碑记

　　夫君子之行，静以修身，俭以养德。非淡泊无以明志，非宁静无以致远。夫学须静也，才须学也，非学无以广才，非志无以成学。尔当铭记诸葛训诫，宁神静心，以山砺志，以志成学。

于辛卯年初夏

中卫市职业技术学校——宁山碑石

揽秀亭

职校有"山湖"各一。山名"宁山"。"宁山"之巅有一亭，名为"揽秀亭"，有登高望远，校园秀色一览无余，也有尽揽中卫技能型人才之意。

亭子正东楣曰："揽秀"，与亭名相谐，意即尽揽"塞上江南"风光和技能型人才；东南楣曰："承露"，意即承受阳光雨露的恩泽，启迪感恩社会和父母；正南楣曰："襟灵"，意为释放蕴藏在胸中的聪明才智；西南楣曰："怀远"，意即立足当下，胸怀远大目标；西楣曰："观海"，意即西望腾格里沙海，开阔视野；北楣曰："纳川"，意蕴"海纳百川"之胸怀。

于辛卯年初夏

镜湖碑记

唐太宗李世民曾有以铜为镜，可以正衣冠；以史为镜，可以知兴替；以人为镜，可以明得失之警言。吾学子当以湖为鉴，一日三省，知学知行。

于辛卯年初夏

慧中亭

职校有"山湖"各一。山名"宁山",湖名"镜湖"。湖心岛"慧中亭"与宁山"揽秀亭"相对应,是秀外慧中之意。

亭子西楣书"思"字,意即思考、多思;南书"悟",意感悟、明白;东书"觉",意思是觉悟、觉醒;北书"智"。

寓意经过"思""悟",使人茅塞顿开,"悟"出了"道",进入了思想的最高境界——"智"。四个字紧扣"慧中"的主题。

于辛卯年秋

中卫市职业技术学校——慧中亭

丝路驼峰碑记

《丝路驼峰》是旅游新镇入口古丝绸之路的印象雕塑。

碑记如下：

中卫地处丝绸之路北线之要冲，在通往河西的黄沙古道上，商旅迤逦、驼铃叮咚。双峰驼成为古丝绸之路上靓丽的风景，使晋商"大盛魁"等商家往返于中卫至迪化，直至古罗马，开启了享誉世界的"丝绸之路"。如今，现代交通业使得沙漠驼队几近灭绝，但硕壮的驼峰却是丝绸古道上的记忆，是丝路北道的历史符号，也是丝路文化的重要标志。

于丙申年仲夏

感言与铭文 ▶

黄河之水碑记

千山冰雪　融为滔滔黄河
万溪涓流　汇入滚滚洪波

越境穿峡　携带浮土悬沙
借道中卫　酬以广袤沃野

黄河之水雕塑

白马拉缰　　堤堰裁浪分波
　　蜘蛛引水　　支渠南延北扩

　　一河过境　　地拥百里锦绣
　　两岸丰饶　　天赐万世恩泽

　　杞乡献果　　红宝享誉海内
　　硒砂奉瓜　　甘甜声名远播

　　伟哉黄河　　不忘哺育厚德
　　幸也中卫　　非尔焉能有色

于丙申年仲夏

感言与铭文 ▶

长城碑记

  中卫境内长城，始建于秦代，后经汉、隋、明续修，采取石砌、土夯、削凿等方式筑成，西接靖远卢沟堡，经南长滩沿黄河黑山峡至常乐镇下河沿，越黄河绕卫宁北山，东与贺兰山长城相连，境内绵延二百二十八公里。这些多代异形的长城遗迹是万里长城的重要组成部分，也印证了中卫自古是边关的历史地位。

于丙申年仲夏

195

丝路景墙碑记

古丝绸之路，汉代因张骞出使联合大月氏抗击匈奴而开辟。从长安（今西安）始，经陇西或固原入河西走廊。其北线自南向北，沿清水河而下，越黄河过中卫，进入武威、张掖、酒泉、敦煌四郡，出玉门关、阳关，往西过塔里木河，由疏勒（今喀什）北越葱岭至大宛和康居，南经大月氏（今阿姆河），于木鹿城会合，向西经和椟县、阿蛮、斯密等地抵地中海东岸，转达罗马各地。自公元前二世纪以后的千余年间，中国大量的丝织品、陶瓷、香料等商品皆由此路西运。

古丝路在历史上促进了中国与亚欧各国的友好往来，为古代东西方之间经济、文化交流作出了重要贡献。二十一世纪，新丝绸之路国际贸易再度活跃，丝路文化走向复兴。

于丙申年仲夏

工业遗迹碑记

　　透过这组锈迹斑驳的部件,仍能看出往昔迎水工业园区的辉煌。当年,昊丰钢铁、海鑫化工、银河冶炼等23家企业都曾在此演绎过一段激情燃烧的岁月,为区域经济发展做出了彪炳史册的贡献。

　　然而时光流转,过去的荣光已被历史的烟云尘封,取而代之的是新颖别致、高端大气、文化厚重的旅游新镇。这是中卫市委、政府旅游优先发展战略结出的奇葩,堪慰历史,不愧时代。她必将以沙坡头景区东大门、中卫旅游集散平台、宁夏旅客西进东出之门户而跻身中国旅游名镇。

　　若如是,斯地幸甚。

宁夏沙坡头旅游经济开发试验区管委会
二〇一六年四月

碑记背面：迎水工业园主要企业名录

宁夏昊丰伟业钢铁公司　　　中卫市海鑫化工公司

中冶宁夏实业公司　　　　　宁夏俱进化工公司

宁夏弘骞化工公司　　　　　中卫市银河冶炼公司

宁夏恒鑫化工公司　　　　　宁夏华科特纤制造公司

宁夏义力达工贸公司　　　　中卫华达化工公司

宁夏富兰新型建材公司　　　中卫市建安工程公司

宏星铸造公司　　　　　　　固沙林场甘肃华奥公司

中卫晟金冶炼公司　　　　　宝塔石化加油站

中卫迎水水泥制品厂　　　　中卫水利建筑工程队

宁夏创业工贸公司　　　　　岩峰商行

中卫市邮政局迎水邮政所　　宁夏黄河集团商贸公司

中卫市电信公司迎水所

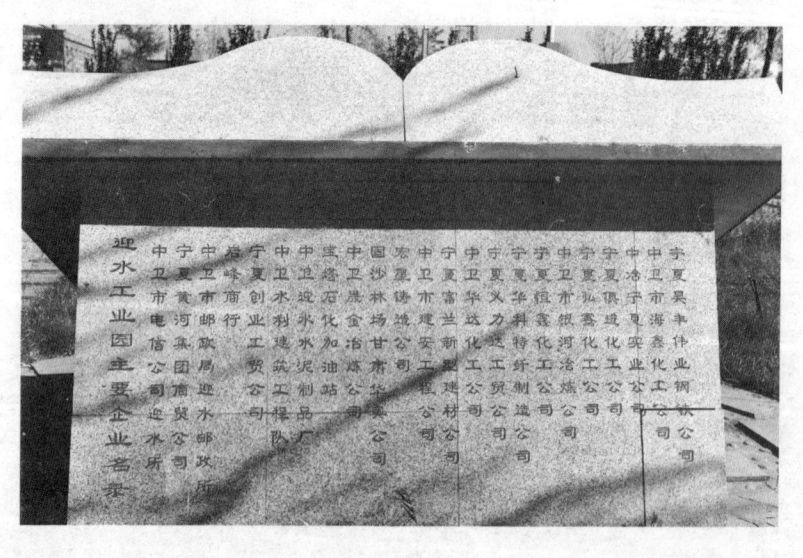

林森赠言

我眼中的林森

王开选

　　林森与我算是乡亲。我家在镇罗沈桥三队，林森家在东园北湖三队，我们田埂相连、南北相望，直线距离不超过两公里。

　　第一次见林森，是在20世纪90年代末的世纪之交时，我那时负责中卫沙坡头旅行社，林森在教育局任副局长。因为自治区教育厅一个全国性会议在宁夏召开，会后代表们要参观沙坡头，有关人员联系我们旅行社安排接待，在商定费用时，我们报的沙漠游费用为一人驼一百元，而林森提出异议。我见他熟知中卫旅游情况却不为家乡人帮忙，心中稍有不悦，认为此人太过精明，不太好打交道。

　　谁知两年后，徐晓平局长调往自治区旅游局，林森同志接任中卫旅游局局长，我们的深层接触才算正式开始。说实话，因为晓平局长能力强、工作出色，使呈萎缩状的中卫旅游业逆势而上，势头强劲。因此，对林森局长大家都有疑虑，能否胜任？经过一段时间的磨合，大家都拾起了信心，因为我们发现林森局长头脑冷静、思维敏捷、思想活跃、激情四射，有做事稳健、处乱不惊、胸有成竹、举重若轻的本事。到位不久，他就迅速进入了角色。首先，他对人员做了合理调整，通过调整班子，展现了他知人善用、人尽其能的组织能力；其次，他狠抓了工作作风,要求大家守时遵纪、恪尽职守,体现了他严谨不苟、求真务实的工作作风;再次,他对今后的工作做了安排,确实安排得有理有力、有条不紊、轻重缓急、张弛有度。就这样,我对林森刮目相看了。在他的带领下,中卫旅游走上了发展的快车道,沙坡头旅游区顺利迈进了国家首批66家5A级景区之列,中卫市确立了旅游业为支柱产业的战略地位,中卫被列为全国首家全域旅游示范市并成功举办了全国第二届全域旅游推进大会。事实证明,刘林森同志是员干将,能谋善断。

随着时间的推移,林森身上迸发出了越来越多的闪光点,潜质的宽广、兴趣的高雅、心智的坚毅,使他散发出很多常人不及的优良品质。

他勤勉好学、博闻强记,他喜好读书,讲话总是紧扣主旨,旁征博引,深入浅出,引人入胜,颇有文人气和学究气,不失儒雅之风。善于思考常态,悟性极高,是林森同志的又一特点。他能从人们司空见惯的事情和行为中总结出一定的规律和哲理,他能深刻剖析事物的本质,做到知其然必知其所以然,因此,常有出语惊人,甚至振聋发聩的精彩言论,包括写文章造句,常有不落窠臼的惊人之句。若没有深厚的知识积累和文学功底,是达不到如此境界的。

林森同志襟怀坦荡,虚怀若谷,对于一般人不能容忍之事,他却能一笑了之,过往不究,很多时候都能化干戈为玉帛,变对头为朋友。因此,他身边总是能聚集很多文人雅士和良朋挚友,这对于想干事业、干成事业是大有裨益的,他经常能为单位、为别人解难释疑,除了多年的工作实践、观察思考积累的经验外,与此也应不无关系。

至于工作能力,除了善于学习、善于总结,能从实践入手,处事既有很强的原则性,又有灵活的变通性。常常从人性出发,从实际入手,一些难事总是能妥善解决,让人心悦诚服。这是一手硬功夫,很多人很难做到。

林森同志活泼开朗，爱好广泛。爱打篮球，也爱打乒乓球，同时也是围棋和象棋的爱好者、推广者。通过体育活动和棋类活动，能有效地健体、益智。同时，还擅长活跃同志们的情绪，经常在单位组织一些体育娱乐活动和比赛，调动大家爱家庭、爱工作、爱学习、爱生活的积极性。通过这些，使本就不摆架子、平易近人的他和身边的工作人员和谐相处，浑如一体。

最令我赞许的是林森同志对文化建筑的执着追求。不论是教学、从政、筹建职业学校，还是投身旅游新镇建设，处处都透着他对文化的深知和笃爱，这是一个旅游人必须具备的潜质。在职业学校建设时，他就倾注心血，搞了校园文化规划蓝图，尤其是重视文化界的意见。因我俩都喜好历史文化，他和我沟通较多，在职校校园道路、湖泊、亭榭楼阁的命名中，在不少地方采纳了我的意见，创建了"揽秀亭"与"惠中亭"等经典之作。在旅游新镇的建设中，更是殚精竭虑、呕心沥血，他将中卫六大文化创意打造成十个文化节点，以此支撑沙坡头旅游新镇的文化大骨架，每个廊桥亭榭都折射出古老中卫厚重文化的印记和影子，甚至在花草树木的栽培、喷泉亮化等细节、街区店铺的名称，他都一一推敲，使之具有文化底蕴，从各个细节上打造特色鲜明的中卫旅游文化，使人们走进新镇，仿佛也在穿越古老厚重的中卫文化历史长廊，浓郁的乡土风情和文化气息扑面而来。因此，得到了业界和社会各界的认可与好评，凡是来参观的，没有不啧啧称奇的。

总之，我和林森从相识到相知，也近二十年了，二十年走过的记忆深深印在我的脑海中。他是我见过的最好学习、最有智慧、最具文化潜质，也是工作能力超群的领导之一，是我忘年的良师益友。他的优良品质和骄人业绩很多，我也不能一一列举，只是信手拈来一二，作为对他这本文集的祝贺！豹尾续貂，不胜惶恐，唯愿能抛砖引玉，让读者从他几十篇充满真情的散文中,品读出一个鲜活的、极有个性的、真实的林森来。

于丁酉年中秋

沙坡头旅游新镇入口——泰山石

赠林森先生

俞学军

二十八年宦海行
相知相慕见真情
根扎厚土林方茂
腹有诗书气自宏
职校佳构赖妙手
中枢远谋系民生
敢担重任劳筋骨
大器从来重晚成

于壬辰年初春

赠林森——醉此间

毛志勇

少时耕读伴日坠，守得清苦心思纯。家住北湖，地瘠人也贫
考取高校修中文，潜心书海撷珍贝。惜时如金，日日争晨昏
八年辛勤育才俊，日日作业如山堆。偶有佳作，聊以作露饮
易职财政担责任，凭借金融作杠杆。撬动机关，经济得腾飞
回归教育是夙愿，兼管文体勤工俭。事必躬亲，夜深和衣寐
主管旅游运智慧，四海借鉴讨经验。谋划蓝图，梦里也思忖
振兴职校形势紧，六部机制争创新。全国示范，一跃显光辉
高效市政人所愿，沟通善断叱风云。勇于承担，一方风气新
丝路景区要点缀，迎水拆迁建新镇。毅然赴任，景冠大西北
家乡风光无限美，八方游客带笑归。赞誉有加，聊以作欣慰
山川景点萦梦魂，收拾心境待时归。心泰畅然，思之尚无愧
回首往事如烟云，欣看窗外月中桂。代代兴衰，自有弄潮人

于丁酉年中秋

赠刘君

张怀玉

盛世清平出贤能，兴建职园树奇功
湖光山色富诗意，碧树红楼靓风景
帷幄谈笑巧运筹，与世共进敢先行
大任独担多风雅，百年基业留古城

于丁酉年中秋

中卫市职业技术学校——慧桥

致林森先生

李怀定

笑看春秋鬓欲白，先生从政未稍息
香润心田翰墨沉，文藏锦绣涌璀璨
繁案不闲谋壮景，下笔多彩著乡情
踏勘塞上构蓝图，纵横山川觅旧踪
险要攀登巅峰俊，萍踪荡漾荷花红
精心构思旅途阔，长远规划区域兴
汗渍侵衣不怕累，苦乐修身唱大风
艰辛黄沙翠藏迹，睿智扮装靓古城
幽谷归来意未尽，继向边陲探新径

于丁酉年中秋

后 记

《心力》拙作即将付印，对我来说是一件期待已久且很有成就感的大事。不知从什么时候起，我心里特别敬重能写文章的人，这样的情愫在我心里多年挥之不去。从1967年至1977年，以"阶级斗争为纲"的十年里，从小学到高中，我们是最可怜的一级，没读什么书，更不会写，在大有可为的东园乡北湖村里，战天（上树爬墙）斗地（耍水打仗）。直到1979年，两次复读考取银川师专汉语言文学系，才有机会读到唐诗宋词，鉴赏古汉语经典，但就写作而言，我从不敢奢望，觉得那是遥不可及的殿堂。

第一位让我佩服的是家父刘吉福，由医学实践而从政，上过私塾，读过师范与卫校，当过秘书，博古通今酷爱史地，琴棋书算及球类样样精通，当过秘书。记得那时他三十六七岁，常常不分白昼撰写文稿，看似吃力地冥思苦想，之后一遍又一遍地抄写誊清，最后将文稿精心刻印装订，如释重负地坐在那里休息。我就觉得这活比我挖沟还要累，更觉得他很了不起。父亲的影响力也改变了我的人生，因后来恢复高考，他提议我报考文科。在我两次名落孙山后，他都毅然坚持让我复读考文科。其实我的理科比文科强，也许是出于从政或个人喜好的考虑吧！

再者，我的同学中有三位，对我影响颇大。初高中时期的同学有施洪海和王建军。前者口才与文笔都很好，仕途和商道都玩得转；后者青年时不善言表，诗文很出众，当然后来文章仕途都很硕达。第三位是我的大学同学姜国栋，以诗文见长，儒雅的气质与谈吐，印证了"腹有诗书气自华"。这三位都是我心目中不同时期崇拜的偶像。文章等同于学问、水平和能力。此种认识羁绊我很多年，这大概是我专注于写点东西的原动力吧！

　　1989年夏末，峰回路转，我有幸从中卫三中教导处副职任上，被县财政局选调做办公室主任兼秘书。在此之前，我于1986年考取宁夏教育学院汉语言文学专业学习两年，2002年就读于天津财大财政学研究生结业。这些有效学习，也增加了我的文学修养。新岗位写公文成为日常差事，怕写、不能写但又不得不写。局长赵天有不但文字能力强，而且特别看重干部的人品和文采，极为重视各类总结汇报的思路和口才。他认为干部总结汇报的能力等同甚至高于实干的能力，这是干部的潜力所在。在他身边工作的三年多里，他耐心鼓励我的点滴进步，对草拟的文稿都精心审修，有多少次改得所剩无几，其潜心指导难于言表，激励促使我努力从完成职任到下苦功夫做到优秀。1992—1993年，在赵天有局长的明示下，时任政府办主任的梁积裕对我多有指点，他拟稿的思路和活化成语典故的能力极强。在他的精心指导下，中卫县财政局在全区的先进集体材料和赵天有局长、王振远副局长的全国先进个人材料双获好评。

　　1995年8月，我被组织上任命到中卫县教育局工作。在此后的七年中，有幸与魏若华先生、李天柱校长深交。魏若华，一个典型的老秀才，鲁迅协会会员，文字功底扎实，文风犀利，以批判性见长。在他的指导下，我的散文《小议"龙凤"心态》获得西部征文论文一等奖，使我自信心大增。此后，我完成了"中卫教育的根与土"系列五篇。李天柱——严谨务实的登峰级的中卫中学校长，在他的"学中玩，玩中学"教育理论和"成人、成才、成龙"梯次培养目标的引领下，20世纪80年代中后期，中卫中学有很多学子考取了清华、北大及全国重点院校。他的教育教学评课笔记让我肃然起敬。化学是他的专业，但又以体育见长。一个偶然的机会，读了他的《狗年话狗》，深深地为他的遣词造句能力，特别是写景状物、记事议事的表达力、思辨力所折服。如是，我才明白了学科与学问较于写作能力其实并不相悖，唯有用心用情真实而已。

2002年初夏，我被组织上安排到中卫县旅游局任局长，有机会走出去看看，也更多地踏勘中卫形胜。从岗位职责出发，对景观类文学散文进行了一些创作，刊发了《世外桃源》《〈沙坡头散文集〉序》《游老君台》。

2007—2013年，我先后在中卫市教育局、职业技术学校、政府办工作。在教育局工作期间，撰写了《小议"龙凤"心态》《中卫教育的根与土》系列五篇，前者阐发子女教育观，后者挖掘中卫教育历史，以求激发社会办学活力。在职校筹建和担任校长期间，刊发了长诗《跨越的历程》，记述了职业技术学校建校的艰难历程；发表了以职业学校学生教育为理念的《人生·尺度·梦想》，阐述了人生梦想与自身条件的关系；主编了《我们的校园》，对职校的创设及校园文化进行了系统整理。在政府办担任秘书和办公室主任期间，发表了《岁月如歌》《上善若水》《明确城市定位　彰显城市特色》等政论感悟十余篇。

2013年初至今在市人大工作，因工作职责上调研多、下乡多、感触多，写了纪实性、随笔类散文《北湖记事》六篇，集中记录了青少年时期故乡所做及见闻；撰写文艺评论十余篇。其间，组织上安排我主抓旅游开发区工作，发表了《中卫三字经》《寺口子的呼唤》《小镇的精彩》等作品，撰写感言及铭文二十余则。

文章是在岁月中沉淀的，正像苏东坡"博观而约取，厚积而薄发"的论述那样，但我写作的态度是忠于生活、有感而发，绝不空飘嘘唏。我写的这些文章，现在以散文集形式刊布，也是颇具私心的。就"受众"这个问题，曾请教过已故的李天柱校长，他认为受众面向中小学生比较好。一是生活与工作相对领域宽泛，可让学生通过阅读间接领悟生活，进而全面了解中卫。二是语言上有特点。朴实的文风加上中卫方言俗语与普通话的结合，遣词造句上的鲜活性，对学生会有启发。与此同时，就"书名"这个问题，我请教了范学灵先生，他是中卫文史大家，著述丰赡，我们家里三代人与之交情甚笃。他认为，用《心力》题名比较适宜，一则以中卫人视野目睹中卫之变迁，以激发中卫学子热爱家乡、报效祖国之心志；二则教育者的情怀在于拓展和升华教育的途径与情结。作为教育者出身的我们，有责任和义务把对家乡的情恋，用这种形式呈献给身负使命的中卫年轻一代。

基于这些意见和我的思考，无论怎样定夺，我的煞费苦心，应该是自己爱恋家乡、嘱托厚望的一种自然流露。最后以《心力》结集，并请两位先生为文集分别撰写了序言。值得珍惜和铭记的是，天柱校长完成序后不久便辞世了，序一《林森印象》是他的绝笔。

《心力》权且作为我倾注大半生精力孕育的又一种生命形态，主客观之间就文本的感受定然相距甚远，但就主观而言，我还是要感谢慈母李秀兰，是她教我做真诚、高尚、勤劳和富于韧性的人；我还要感谢我的妻子钱淑英，她作为第一读者，不辞辛劳且坦诚执着地提出意见；还要感谢已故的高明忠局长、陈峰校长给予我的激励和奖掖；还要感谢我的良师益友薛刚、廉平、韩忠胜对我精神上的勉励与提振；我还要感谢亲如兄长的俞学军、王开选、张建忠、毛志勇对文章的审修与润色；再就是要感谢雍世信老兄为集子题名，吴文铭老弟为集子设计封面，李旭竹老弟提供了多幅珍贵的摄影作品。

一本书，就像一个人，其使命是由他去告诉世界，故土中卫是什么样的，这是一个怎样跨越的时代。但世界看到的中卫，我的故乡可能会更加精彩，这大概就像中医上讲的"药引子"吧，诚如是，则尽了心愿！

于己亥年仲夏